种子的信仰

种子的信仰

FAITH IN A SEED

Henry D. Thoreau

[美] 亨利·戴维·梭罗———著

[美] 布莱德利·迪恩 (Bradley P. Dean)———编

陈义仁———译

湖南文艺出版社
HUNAN LITERATURE AND ART PUBLISHING HOUSE

博集天卷
CS·BOOKY

种子的信仰 Faith In A Seed

第
一
部

种子的

传播

Faith In A Seed

目录

目录

Faith In A Seed

第二部

梭罗晚期
自然史作品

第一部

种子的传播

某天我经过一片北美油松林，
看见一些小树长在草地上，
从树林吹来的种子……
在几年之内，
若是不受打扰，
这些树苗将改变大自然的面貌。

普林尼的著作涵盖当时的自然科学，他告诉我们，有些树木不结籽，"不结任何东西、就连种子也不结的树木，包含仅用于制帚的柽柳、杨树、欧洲光叶榆和鼠李"；他还说"这些树木被认为是不幸的，从而被视为不祥"。

由于人们还不能肯定某些树木能否开花结籽，因此更重要的是，不仅要证明它们能，还要指出它们的目的为何。

我们太习惯看到一座森林被砍伐后，就有另一座森林立刻冒出（无论长自树桩或种子），也从不烦恼森林的演替变化，因此几乎不会把种子和树林联想在一起，也从不认为这种规律演替会有停止的时候，使得我们像所有欧洲古老国家那样开始种树。欧洲的植树者必定要比我们更懂得种子的价值。一般来说，他们知道林木起自种子；但我们只知林木被砍掉后会从地里再次冒出，就像动物的皮毛在夏季变得稀疏后，总会重新长出。当森林的资源随着时间衰减，我们也无可避免地越来越确信种子的重要性。

本章的目的，是要依据我个人的观察，来描述林木和其他的植物是如何由大自然种下的。

当一片森林在这附近自然长出，且当地不曾长过这种树，我会毫不犹豫地说，那片森林起自种子。在各种已知繁殖树木的方法之中——如移植、扦插等——从种子发芽是上述情况唯一的可能。从来没有哪片这样的森林是起自别的来源。如果有人主张它起自别的来源，或是无中生有，那么举证之责就在他身上。

　　接下来，就只要说明种子是如何从出生地被带往生长的地方的。这主要靠的是风力、水力和动物的媒介。较轻的种子，像松树和枫树的种子，主要是由风力和水力传播；较重的种子，像橡实和坚果，则是依靠动物。

第一章

有翅膀的种子

我们先从北美油松谈起。诸位读者很可能都认识它那坚硬的圆锥状球果，这种球果不用刀子很难从树上采下来，它又硬又短，很适合用来替代石头。确实，罗马人就曾如此使用。他们称之为松树坚果，有时则称作"松树的果实"，亦即松果。相传罗马执政官瓦提尼乌斯曾举行一场角斗士表演来安抚民怨，却被民众丢石头。市政官早已明令禁止民众在竞技场投掷果实以外的东西；于是，民众便以"松树的果实"丢向瓦提尼乌斯。此举是否违法，引起争议；著名律师卡谢利斯被问到该问题时答道："这松果，如果你是丢向瓦提尼乌斯，就算是果实。"

如果未被摘取，北美油松的球果就会待在树上过冬，往往甚至留置数年。你可以看到灰色的老球果（罗马人似乎称之为 *azaniae*），有时围成一圈长在大树树干离地两英尺[1]内的高度，那些全是在二三十年前，那棵树年幼时结成的，真是经久不落。

在这种坚硬、多刺又富含松脂的毯果里，包含一百个两两成对的暗褐色种子，每对种子在多刺、有如盾牌的果鳞背面占有一个单独的空间。一片长约四分之三英寸[2]的薄膜或薄翅，从种子的一端伸出，薄膜的末端又开，夹住种子，有如一只笼中鸟用喙咬住种子，一经解放，就能飞出去播种。

风声已穿透毯果的果鳞，而种子也已准备好要利用风势。据达尔文所述，康多尔谈到，带翅的种子绝不会出现在不会张裂的果实中。这类种子天生适合飞行。这片薄翅独立于种子，你可以将种子拆下再旋回原位，就像拆装表面玻璃一样。

阳光和风拥有这些果鳞密室的钥匙，在次年或后年秋天，"啪"的一声将锁打开，并且在整个冬天持续进行。果鳞里的种子全都露了出来，那些既薄又弯的把手朝上、朝外迎风，风一阵一阵地拉起把手、将种子送走。倘若种子在平静无风的天气被释放出，就会快速旋转，直落地面；然而，若是有风，种子就会飞向某一侧。这些种子常让我想起某些深腹形鱼类——像鲱鱼或鲥鱼——这些棕色鱼群每年进行短程洄游时，总会将腹侧和尾巴弯向某侧，那般易弯的身体就像某种鸟翼或鱼鳍，但并不是用来做各种持续

性的飞行，而是用来在激烈水流里控制方向。

大自然总是采用最简单的方式来达到它的目的。如果它希望种子落下时稍稍偏离垂直线，以便能散播开来，它只要把种子弄平，做成边缘较薄的碟状，并略微不平整，使其能在降落途中稍微"偏移"。最终，当种子需要从松树顶端开展更远、更广的飞行，上述的简单构造就会添上称作翅或鳍的活动式薄片。

北美油松会结出很多种子，而且非常专注于扩展族群的领域。它们从很小就开始结籽——有时还不到两英尺高就开始了。

我注意到，北美油松若因生长在土壤贫瘠或多岩石之地，以致难以生存时，就会结出更多球果。我见过一棵北美油松兀自孤立于山顶的一块岩石，树高仅有三英尺，树冠宽度等于树高，而我数出树上共有超过一百颗不同龄期的球果。就在攻下这座岩石要塞之后，那棵松树的首桩心事就是召来百位追随者，以求确实占领。

米肖注意到，"只要这些松树群聚而生，球果便会在树枝上单颗散生……球果会在成熟后的第一个秋天释出种子；但在那些单独生长的松树上，球果会以四颗、五颗或更多颗的状态丛生，而且保持闭合数年"。

果实不仅最好长在最外围的树上（通常这些树结的果实也最多），还要有一阵强风，才能将种子送到远方去，如此一来，种子才不会立即落地，造成浪费。大家都曾见过高度一致的北美油松密林，这种树林或许是由一阵强风播种而成，而且你往往可以猜到那些种子来自哪棵树。我看到了（用心灵之眼看，有时也用肉眼）种子从树上飞出，有如一阵浓密的阵雨，纷纷落在二三十竿外，就像从播种者手中撒出的谷粒。

有时候，人们会砍下大量的年轻北美油松，只留下年长

的母株为大地再度播种。小北美油松在六岁以前通常不太引人注意。

　　某天，我经过一片北美油松林，看到草地上冒出了几株幼苗，那是从松林飘出的种子长成的。其中有一株幼小的松苗，发自今年的种子，在草地上只略微可见，我差点就将其误认为苔藓的茎叶。它就像一颗光芒四射的绿色小星星，直径为半英寸，被一英寸半高的细茎抬离地面。这般长寿的树木，竟有如此微弱的起始！到了来年，它将会成为一颗更加亮眼

的星星；再过几年，如果没有被打扰，这些幼苗将会改变大自然的面貌。对这里的青草来说，这些苔藓似的星星是不祥的象征，预示了它们的灭亡！这片土地将从草地变成森林——因为，降临在土地上的，除了苔藓和青草的种子，还有松树的种子。这些现在在草地上被误认为苔藓的东西，或许会长成高大的树，活上两百年之久。

不同于白松，北美油松会在整个冬季陆续张开球果、散播种子，那些种子不仅会被风吹往远方，还会在冰雪之上滑行。我总觉得平坦的雪地很有价值，尤其是结冻的雪地，因为光滑的表面有利于落在上头的种子传播。我曾多次在雪地测量，落在最远处的松子与最近一棵位于迎风处的松树相距多远，发现这段距离和最广阔的草地一样长。我见过松子横越附近一座半英里宽的湖泊，我想没道理这种种子不能偶然被吹到数英里外去。在秋天，松子会被地上的野草和树丛拦下，然而，等到白雪覆盖一切，地面变得平整，这些躁动的松子疾驰而过，就像乘着被隐形队伍拖着的固纽特雪橇，直到松子失去果翅，或碰上无法跨越的障碍，才终于停歇，等候机会长大。大自然跟我们一样，也有它的年度滑雪活动。在我们这多雪多冰的地方，北美油松就靠着这种方式，逐渐从大陆的此岸传播到彼岸。

七月中旬，我在上述湖泊的岸边，就在高水位线下的位置，看到许多从石头和泥沙中刚冒出芽的小北美油松，这些种子是被吹来或漂来的。它们沿着水边的某些地方，成排生长着，然而这些松树经过十五二十年之后，终将因为湖岸结冰隆起，而倾倒、毁坏。

我最近发现附近草地上的沙质铁路路堤，长出一棵小北美油松，我以步距测出它离最近的松树约有六十竿，这并非不寻常之事。我见过一株北美油松单独在我家院子冒出，它距离最近的同类约有半英里远，中间隔着一条河流及深谷，还有数条道路和数座栅栏，但它仍在那里落地生长。如果大家没有注意的话，这种树很快就会在我们自家院子里散播开来。

每年，松树种子都会这样从松林被风吹出，然后落在各种有利或不利的土地上。如果环境合适，就会有一片松林出现，尤其是碰巧下风处土地为开阔地，或者甫经整地、犁翻或焚烧。

有人告诉我——有类似情况的人太多了——他曾有一片松树林，他把松树砍掉后，土地长出了橡树丛。他砍掉橡树、烧了地，并播撒黑麦种子，而这片三面被松林包围的土地，到了次年又长满了浓密的松树。

松鼠也会帮忙传播北美油松的种子。每年秋天，尤其在十月中旬左右，我总是看到大量的松枝和松针掉在树下，显然是被咬啮的。这些松枝粗约二分之一到四分之三英寸，通常还有三四根分枝。今年我在某棵松树底下数出二十几根，而这样的树枝在所有北美油松林都能看见。那很明显是松鼠所为。我始终不清楚松鼠的目的，因此去年秋天我决定探究此事。

于是，在某夜思考过后，我告诉自己，"这种情况如此普遍而规律，只要在大型松鼠和北美油松出现的地方就能看见，这绝不会是意外或反常的结果，而必定有关这种动物的

需要"。我发现自己的生活需求是食、衣、住和燃料；但松鼠只需要食和住，我从未看到过这些树枝被拿来做窝；因此，我认为它们的动机是要获取食物。因为我知道，北美油松的各个部分，只有种子是松鼠要吃的，所以我很快推断它们咬下这些树枝是为了取得球果，同时也让球果更易于携带。我一想到这点，就差不多明白了。

几天后，我穿越一片北美油松林，地上一如往常散布着松枝，当时我发现一根长十一英寸、粗约半英寸的松枝，截断处恰在两颗闭合球果以下，其中一颗球果的果柄也被咬得半断。还有，在距离这座小松林三四竿的空地上，我看到三根树枝被扔在一处。其中一根约英尺长，截断处位于三颗球果以下一英尺，其中两颗球果位于同一根分枝，另一颗在另一枝。另外两根松枝中，有一根特别长。

于是，我的理论通过观察得到证实。松鼠把这些带着球果的树枝搬往比较方便的地方食用或储存起来。你会很惊讶地看到它们搬运这么大的树枝，有时甚至走了很远的距离。它们比我们所想的还强壮。有位邻居告诉我，他看过某只灰松鼠带着一大根玉米，从他那玉米仓房的破窗冲出，沿着侧边往上爬，越过屋顶，或者跑进高高的榆树里。

然而，你在松树林见到的落枝大多较小，比起玉米的大小只能算是一片羽毛，那些落枝在球果上方被截断，为的是减轻负担或取得球果。那些树枝在去年秋天被大量折下，使得树上留有球果的北美油松很少，因此当我穿越北美油松林，经常要靠着这些散落在树下褐色地面上的绿色松枝，来认出有结果的松树。

令人感到惊讶的是，松鼠竟然这么粗暴地剥毁、破坏它们赖以为生的松树。我常想，要是那些松树是我的果树，我早就大声叫嚷了，即便那些北美油松会因此被修剪，而且可能获益。

显然，松鼠通常一次只搬一颗球果；不过或许较强壮的松鼠宁可连着树枝一趟搬上三颗，而不需来回跑上三次。我经常看到它们在受打扰后抛下球果，而我曾在某处田野发现二十四颗颇为新鲜且未开启的球果，堆放在一棵单生的松树底下，显然它们将被运往别处。

去年十月，我没有像往年那样见到任何球果被吃掉或摘下的情形。因此，我判断大多数球果都被收藏在树洞或地洞，或许有些像坚果那样，被单颗埋在土里。

试想松鼠在十月份有多忙碌，它们忙着在全州每处北美

油松林咬下树枝并收集球果。当农人在挖掘马铃薯和收割玉米的时候，不会想到松鼠竟在邻近的树林里比他们更勤奋地收获球果。

借由这样的方式，就连松鼠也能将松树种子散播到远方。我经常看到一颗单独的北美油松球果远远躺在一片旷野里，那是松鼠在前往某处树林、围墙或树桩的途中所掉落的——更常见的是落在松鼠走过的某面围篱旁边，而那儿离树林已有好一段距离了。球果躺在那里，有时整个冬天都被雪覆盖着，直到冰雪融化，当它感受到阳光的温暖时，才会张开果实，撒落种子。

北美油松球果拥有一根极为厚实而坚韧的果柄，木质的部分往往就有四分之一英寸粗，但果柄的长度很短，几乎不及四分之一英寸，这使得果柄很难折断。虽然这些球果又硬又难处理，但你在地上见到的新鲜球果几乎全被松鼠咬下，你还能清楚地看见果柄上的齿痕。松鼠边折边咬，不出几下，就能把球果从树枝上弄下来。

当松鼠成功摘下球果，它就坐在围篱支柱或其他栖息处，从球果基部着手，一片片啃下果鳞，接着吞食种子，只留下末端半打没有种子的果鳞。被啃光的球果状似一株漂亮的小花，这要是人用小刀来刻，可得花上很长的时间。

摘球果和剥球果是松鼠一族精通的本领，那是它们的强项，我不信你能提出其他比这更好的方法。经过很长时间的尝试，松鼠选了这个方式作为它们的本能，而人类要是也得用牙齿打开球果，我们最终也会做出相同决定的；然而，它们早在人类发现松树果实含有松子之前，取食松子的技艺已发展至娴熟境界。

进一步仔细看看这只松鼠如何取食松子吧。它不会无谓地刺到手指、弄乱胡须，或啃咬坚硬的球果本体，而是先去除可能碍事的树枝和松针后（有时甚至也去除树枝的侧面，因为，就像熟练的伐木工，它会先预留足够的空间和范围），再用牙齿凿几下，整齐切断粗壮的果柄，松果就是它的了。当然，它可能会让球果落地，这时它会好奇地稍加俯看，仿佛那不是它的，但它或许是在暗记球果的落点，把它加到脑海里那一百颗成堆的球果之中，而那颗球果正因它那看似不在乎的样子而更是属于它的。当松鼠要打开球果，它会用双手抱住，这样一颗扎实、表面浮凸的球果极为坚硬，一被它的牙齿碰到就要发出声响；它或许会稍做停留，但不是因为不知如何开始，只是要听听风里的声音。它懂得不要试图咬掉尖端，一路往下对抗果鳞和尖刺构成的拒马。如果这世界曾有哪个时期的松鼠从错误的一端咬开球果，那肯定不是它们的黄金时期。它们懂得不要从有着许多装甲盾牌的侧面啃进四分之三英寸。然而，它无须思考自己知道什么。听完风神的低语，它瞬间就把球果反转成底部朝上，从果鳞最少、刺最少，甚至无刺的地方开始，底部的果柄已被咬掉大部分，剩下的那一点并不碍事——球果被它从树枝咬下后，最脆弱的那一端就暴露而出。它接着啃咬果鳞细薄脆弱的基部，每下啃咬都会让一对种子露出来。它就这样轻松剥着球果，仿佛果鳞只是一层麸皮一样，而且剥得很快，边剥边转动，快得让你看不出它的剥法，除非你赶走它，前去检视它未完成的作品。当它丢下这颗，又会跑进松林再找一颗，直到雪地上堆满果鳞和这些形状有趣的果轴。

去年四月，我来到李氏断崖顶上，并在那里某片小北美油松林里的一棵小松树底下，发现了一大堆球果，显然是在去年冬天和秋天被红松鼠咬下、剥开的，当时它们就坐在上方一两英尺的几根残枝上享用。或许地上某个洞穴就是它们的住处。我光是在这棵树底下就数到两百三十九根果轴，而这些果轴大多堆在两英尺见方的范围内，底下积了一层果鳞，厚达一两英寸，直径有三四英尺——看来这些球果是由仅仅几只或一只松鼠所剥。它们把球果全部搬到这根残枝上来吃，为的是要靠近自家洞穴，以防危险。周围的松树底下也有许多这样的果轴。它们似乎吃光了那座松林的所有果实；但谁比它们更有权利吃呢？

红松鼠即是如此年年采收北美油松的球果。它们的身体很接近球果的颜色，谁能如此巧妙地打开球果，即可享用其中一切？球果属于能够打开球果者，至于用以播种的种子，从松鼠餐桌落下的那一点点剩余，就足以满足大自然的需求。

这些就是北美油松林繁衍的主要方式。我很清楚许多棵北美油松的生长历程。

观察森林里的任何树木都令人感到愉快。别克史托沼泽东北方有片土地，好几年前我常去那里采黑莓，发现北美油松开始生长；而我从那时起便经常注意到那些北美油松长得多好，仿佛是由人工撒播那样均匀覆盖整片旷野。起初，那些年轻松树就像栅栏一样沿着小径两侧生长，长得很浓密，在这片宽广的世界里相互挤迫。十一年前，我首次发觉自己走在一片北美油松林，而非一片黑莓草原——或许再过不久，我将会在这片土地进行测量、划分，以便拍卖林木，然后看着伐木工在上头工作。我曾告诉自己，这些树木注定进到火车头的胃里；不过，幸好火车头最近改了饮食，而那些松树的分枝需经多年才能成熟，在樵夫看来有如废物。

还有贝克家后方那片北美油松平原，那里在我印象中原是空旷的草地，十年前成了一片稀疏的北美油松林，我从前在林中散步经常砍掉又长又宽的枝叶，悄悄穿过林木之间，既不会惊动焦躁的看门狗，也不为屋里人所见，但我能听见他们家里叮叮当当的声响，甚至偶尔还走近到能从树木之间瞥见整排光亮的牛奶锅。这些都是我们最宜人的树林，如此开阔而平坦——呈现半林半野的状态。在外围，林木相距较远、空间宽阔，使得松针在地上铺成一片地毯，这里一片、那里一片，其间长着强韧的野草、一枝黄花、金丝桃、黑莓藤蔓和年轻的松树；往内一点，则是蝇子草和拖鞋兰；再往内，就会看到一片又干又厚的白苔藓，或是几乎裸露的土壤，被松针稍微覆盖着。未来的森林地被，就此展开。

我也不会忘了深峡谷地以东的那片浓密的北美油松林，那里在我印象里原是一片有鸽子栖息的开阔草原，我以前也常过去采黑莓。该地如今拥有本地最宜人的林间小径之一，我们称之为"鸫鸟小径"，因为黄褐森鸫会在正午时分在林荫下高歌。我已在好几处印象中原为草地的树林里，听到这种鸟鸣唱。当黄褐森鸫开始在新长成的松林里鸣唱，代表新的时代即将到来。

从树顶起飞的
白松种子

至于白松，大家应该都看过它那镰刀状的未熟球果，成簇长在高大树木的顶部，让人难以接近。约莫九月中旬，这些球果转为棕色，在阳光与风里张开，而且，就像北美油松那样，孕育未来森林的种子离去，飞得又远又广。

那些我们用不着的果实多么不受注意啊！白松种子的成熟和传播多么乏人关注啊！每逢丰年的九月后半月，那些高大白松顶部的六到十英尺处，都因挂满了球果成了棕色，每颗球果都尖端朝下，并且张开了果鳞。那些球果即便是从六十竿外看去，依然十分壮观，这样一座森林值得花时间去从某个有利高度俯瞰——从那里可以看到，我们一般认为不会结果的白松如此多产的证据。我有时会前去白松林，只为了看看球果的收成，就像农人在十月里造访自家果园那样。

白松种子会在九月全数飘落，只有少数因被松脂粘住而留在球果里。白松的种子比北美油松至少多了一项优势，那就是它们大多长在高大树木的顶部，因此可以被风吹得更远。

白松结的种子远远少于北美油松，有人说北美油松虽然较难移植，但是因为结籽较多且种子于整个冬季会持续飘落，所以更可能传播出去并维持地盘。然而，请别忘了，白松的分布范围较广，因为白松不仅在开阔地长得好，而且要比北美油松更容易在森林中发芽。

然而，在一八五九年秋季，白松结出了异常丰盛的果实，我不仅在这个城镇，也在邻近整个地区，甚至远至伍斯顿都观察到这样的现象。我从半英里外，就能看到树上累累的棕色球果。

你常会看到一座已有三四十年历史的松林，在它的其中或旁边却矗立着一些更大、更老的松树，那是松林种子的来源。那些高高耸立的老松树，就像被孩子围绕着的父母，而它们的第三代也已现身在更远处。

虽然白松散播种子的季节较短，在某些方面显得不利，但它们种子被吹送的距离似乎并不会比北美油松短。我时常经过开阔地带某处潮湿而灌木丛生的草地，草地很快就被小白松占满，它们的种子至少是从五六十竿外吹来的。小白松如今迅速散布于费尔黑文山的东北坡，即便距离最近且能结籽的松树，也位于过了河的三十到六十竿之外。同时，我注意到阿比尔·惠勒家外头那条弯路，有四分之一英里的长度穿越一片广大而开阔的土地，许多白松就靠着南侧围墙冒出，那些白松必定起自五十竿以东、由哈伯德家树林吹来的种子；而我也在镇上其他地方观察到相同情形。白松种子向前冲锋、挖掘壕沟，就像在苏联的塞瓦斯托波尔作战的法国士兵一样，不久之后，我们就会见到如羽毛般的松叶在那里摇曳着。

最后是一排大小不同、间或中断的白松，它们的种子在之前陆续被围墙挡下并受其保护；然而，我发现，种子就算再少，仍会像降雪一般飘落。的确，我确信本镇没有哪个地方会因距离能结籽的松树太远，而没有松树种子飘到那里生长。那些在偏远草地或围墙边冒出来的松树，让我们知道其间的大片土地若是无人耕作，将会有何发展——除了犁、锹和镰刀之外，没有任何东西能阻止白松在几年内长遍全村。它们起初长得很慢，但在长到四五英尺高以后，经常能在三年内增高七英尺。

多年来，天天走过这些路的那个人——就是地主本人——并未察觉那里长出任何松树，更不会想到那些松树的来源；然而，最终他的子孙发现自己拥有一片漂亮的白松林，而这些松树种子来源的母树林早已消失。

我们不需惊讶这样的结果，只要好好想想，大自然有多么坚持不懈，并为此花费多少的时间。但这并不意味着大自然的行动有多么的迅速或成功。一大片松林每年可以落下数百万枚种子，但只要有半打种子被传播到四分之一英里外，停在某处篱笆，其中又有一枚成长起来，那么经过十五到二十年，那里就会有十五到二十棵年轻的松树，开始崭露头角，荣耀它的出身。

大自然以这般随意的作风，最终造就一片森林，尽管它一副漫不经心的模样。它踩着看似细弱而隐微的步伐——就像地质形成那样——跨越了极远的距离，取得了极大成就。认为这些森林系"自然发生"的想法是种庸俗偏见，但科学知道，这些不是突发的新创造，而是依循既有法则的持续发展，它们是起自种子——源自仍持续不断的运作之中，即便我们或许并未意识到它的运作。

就连孩童都晓得"持续的小凿击可以弄倒大橡树"，发现这件事不需要太多学问，因为斧头的凿击声会让人注意到。我们可以轻易算出凿击的次数，而附近所有人一听到巨大的坠落声，便知大树已被砍倒。然而，很少有人想到，是那种持续不断的小凿击，种出了大橡树或大松树。几乎没有哪个路过的人听见这些声音，或是转头去跟正在进行小凿击的大自然说话交流一下。

大自然的行事不会快过所需。如果它要生产一床水芹或红萝卜，动作便显得敏捷迅速，但如果是一片松树林或橡树林，我们看来像是缓慢或全然停滞，而它是如此从容而有把握。它知道种子除了繁衍后代还有许多其他用途。如果今年的每颗橡实全都毁坏了，或者松树都不结籽，请别担心，它来日方长。松树和橡树不需像豆类藤蔓那样，得年年结果。

然而，大自然在培育松林时，并非总是慢到让人觉察不到。大家都曾见过白松幼株多么迅速地在某处草地或林中空地冒出，有时候几乎快得难以形容。如此栽下的小森林不久便改变了地貌。去年你也许在那里看到几棵小树，但今年你就会发现一片森林。

在写于一七九三年的《马萨诸塞州历史文集》里，有段记述达克斯伯里镇的文字，其中提到："十二年前去世的奥尔登上尉，还记得本镇的第一株白松。如今镇上约莫八分之一的林地已布满这种松树。"鸽子、鸫及其他鸟类大量吞食白松种子，如果光是靠风还不够，我们也很容易看到鸽子如何在嗉囊里装满白松种子，再以比火车还快的速度飞到本郡的其他地方，当它们被猎杀后，便会在白松从未生长过的地方播下种子。

　　如果你是这辈子首次在这附近采集白松种子，那你可能得为即将采到的每一颗种子感谢红松鼠的辛劳。如我所说，白松种子成熟于九月，此时球果张开，而种子也很快被吹走；然而，球果却是整个冬天都会紧紧挂在树上，偶尔才会在强风中落下。如果你等待某颗球果碰巧如此落地，必定会发现里头已经空了。我敢大胆地说，本镇的白松球果（其实几乎所有落地的白松球果都是这样）若是在尚未张开并散失种子前就已落地的，都是被松鼠咬下的；而且它们在球果还非常青涩时就开始摘采，要是结果的数量不多——情况经常如此——它们就会在球果完熟之前咬下几乎每一颗。此外，我认为，它们之所以趁着球果未熟就先咬下，在某种程度上是为了防止球果张开而失去种子，因为这些球果就是它们冬天从雪地掘取的那些存货，也是那时仅存的仍有种子的白松球果。松鼠咬下这些球果后，似乎很快就会把球果搬走——趁新鲜搬进地洞里。

　　虽然松树种子通常在超过一两年后，繁殖力就已不可指望，但劳登在其著作中提到，"大多种类的种子若是留在球果里，生长力将能保存数年"。这些少数留在球果里的种子，让松鼠在为自己储存食物的同时，偶尔仍可种下一棵松树，这也能解释为何在多年没有种子落下的地方，会突然冒出一棵松树——我就经常看到白松球果被搬到好一段距离之外。如果你在九月下旬穿越一片白松林，你就会发现地面散落着以那种方式落下的绿色球果，而留在树上的球果则全是张开的。在某些松林里，几乎每颗毬果都会落到地上。

在八月和九月初，松鼠极其忙碌地在每片白松林咬下球果，因为它们深知白松的天性。或许它们也会分开存放种子，因为到了九月中旬，那些留在地上的球果大多被它们剥过了，它们也是从基部开始剥，就像处理北美油松球果那样。然而，许多较晚被咬下的球果就在地上自行张开，种子散落一地。

初次采集白松种子的那一年，我就像还没张开的球果一样青涩，拖了太久才去。来年，我所获得的每颗种子都是松鼠帮我收集的，然而，这些种子有许多都还未成熟。到了第三年，我试着跟松鼠竞争，自己及早爬到树上。我的经验是这样的：

一八五七年九月九日

我到森林去采白松球果。没几棵树结了球果，而且都在树顶。我能轻易应付十五到二十英尺高的小树，先爬上去，再用左手抓住主干，并将右手伸往有如腌黄瓜似的未熟球果。但当我摘下球果，自己却惹上麻烦。这些球果现在都流着松脂，我一下就沾得满手都是，松脂紧紧粘着我的手指，让我不太容易把战利品往下丢。最后，当我终于回到地面捡起球果，我不能用手掌触碰篮子，只能用手臂抱着，也无法捡起先前脱下的外套，只能用牙齿叼起来，或者用脚把外套踢起来，再用手臂接着。我就这样一棵接着一棵树去采，偶尔在小溪或泥坑里搓揉双手，希望可能找到某种像油脂那样的东西去除松脂，却徒劳无功。这是我做过最棘手的事，但我黏上了这件事。我不晓得松鼠在啮球果、啃果鳞时，如何保持爪子和胡须的清洁。它们一定是有某种我们不知道的对付松脂的秘方，因为它们可以触碰球果而不会被弄脏。我愿意用任何东西去换取这个秘方！要是我能雇用某个松鼠家族去帮我咬下球果，那我得采得多快啊！不然，我就得有一把八十英尺长的大剪刀，还有一台能让我使用这把大剪刀的起重机。

最终，经过两三个下午，我带了一蒲式耳[3]球果回家，但我还没拿出种子。那些种子比藏在充满刺的壳里的栗子受到更严密的保护。我必须等到它们自行张开，然后才让自己再沾上一手松脂。

这些放在我房里的未熟球果，带有一股强烈的酒味，有点像朗姆酒，或是装着糖蜜的大桶，也许会有某些人喜欢。

简言之，我发现这档子事根本无利可图，因为通常松树结出的球果，只够供应松鼠所需。

铁杉与落叶松的松子大餐

铁杉和落叶松的种子会在整个冬季接连落下，并像北美油松种子那样散播。许多铁杉的种子也漂浮在其枝叶所悬垂的河面上，因而可以轻易判断铁杉种子何时开始飘落。

就我目前观察所见，如果球果在某年结了很多的种子，来年就会结得较少或是不结籽。一八五九年，白松、铁杉和落叶松都结籽丰盛，因此以其种子为食的北方鸟类（像白腰朱顶雀、金翅雀等）都多了起来，而在次年春天，我甚至生

平头一次在此看到交嘴雀。的确，我想我能从这些鸟出现在林中的数量，来判断这些树和桦树结籽的多寡。然而，在一八六〇年，我却未见到任何一颗新鲜的铁杉或落叶松球果，也不确定是否看见成熟的白松球果——那年冬天，我也就没有看到上述任何一只鸟。

在一八五九至一八六〇年间的冬天里，我看到大批小朱顶雀正在啄食铁杉种子——铁杉的树形为圆锥形，锥顶的种子最为丰盛，围满了鸟儿。位处阿萨伯特河沿岸的铁杉，树底下的冰雪上散落着许多被风和鸟儿弄散了的球果、果鳞和种子——好几竿的范围内都成了一片黑——这是白腰朱顶雀、山雀和松鼠的杰作，它们全是被种子吸引过来的。充足的冬粮已在此为它们备妥。每当新雪降下、覆盖旧的一层，又会落下一批新的补给，在洁白的雪地上更是显眼。这情况在整个冬季里，会一再发生。

某天我站在那里的时候，来了一小群山雀，像往常一样被我吸引，它们大胆地停在离我很近的地方；然后，飞落到冰雪上，捡拾周围的铁杉种子，偶尔带着一个飞上枝头，踩在脚下连敲几下，想要去除种子上的翅膀或外壳。我看见同一批鸟儿俯冲飞向种子已经脱落的北美油松种子翅膀，随即失望地飞起来，我可以肯定，它们除了吃铁杉种子，也吃北美油松种子。

有位老猎人跟我提过，三月时，会有大批鸽子停驻于铁杉树顶，他认为它们是在享用铁杉种子。

接下来的四月，我看到交嘴雀上上下下地忙着在那些铁杉上啄食——这是我头一次看到活生生的交嘴雀。

同年冬天，我看到一群群白腰朱顶雀从落叶松球果里啄取种子。它们栖身在挂满球果的细枝，摇摇晃晃地不停啄着球果，一下试试这颗，一下试试那颗，时而迅速挑出种子吞下。就这样，它们协助传播了种子。

我看到年轻的铁杉和落叶松在适合它们的土壤里冒出，它们的种子被风吹到了这里，就像松树的种子那样，只是它们鲜少引起我注意，因为这两种树在这附近的数量较稀少。有一天我在草地上看到许多小落叶松，种子的来源显然是

十二竿外、过了马路的那群大树。

云杉球果要到春天才会张开，然而，我在十一月里就看到松鼠将球果扯下，就像它们扯下松果那样。

如威尔森等人所言，以松子为食的鸟类包括有两种交嘴雀（它们的鸟喙形状特别适于打开球果），以及红胸鸸、紫红朱雀、美洲旋木雀、山雀、松金翅雀、黄腹松林莺——而我会再加上小朱顶雀和鸽子。

蝴蝶般的
桦树种子

本州岛常见的四种桦树，都能结出大量的带翅种子。到了十月中旬，有些黄桦长满粗短的棕色果实，数量几乎和叶子一样多，使得树木在天空的衬托之下，显得一片阴暗。

桦树种子会从十月开始，持续飘落整个冬天，本地的所有桦树都是这样。其中最常见的是小白桦，其果实是悬垂的圆柱状，每个圆柱包含许多覆瓦状的鳞片，每片果鳞底下有三枚带翅种子。值得注意的是，桦树与松柏是不同类的树，但桦树果实看起来很像松柏的果实，因此桦树果实也常被称为球果状果实。我发现，北美油松球果的果鳞总是排列成十三道螺旋，而白桦果实的果鳞也是这样——你只要数一数果鳞中间裂片尖端所连成的那道细线就能印证。或许我们需

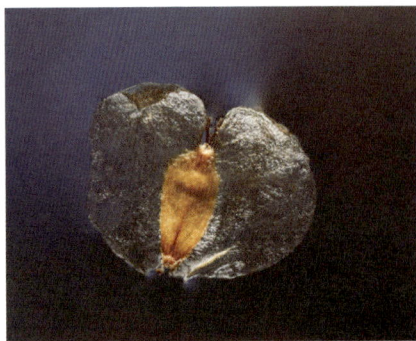

漂浮在池塘上的白桦种子　　　　　梭罗手绘的白桦种子

要花点时间探究，为何大自然喜欢十三这个数字。

　　所有种类的桦树果实，果鳞皆为三裂片状，很像矛头或百合花饰，但白桦的果鳞尤为有趣，形状恰似展翅的大鸟，特别像是飞越田野的老鹰。每当我看见脚下的白桦果鳞时，我总会这样觉得。

　　这些果鳞容易飘飞，也常被误认为种子，然而，它们底下所覆盖着的种子，其实更像鸟儿，能被风吹送得更远。的确，桦树种子很容易被风从果鳞上吹落，它们的体积小得多，带着一种更鲜明的棕色，两侧各有一片宽宽的透明果翅，前方还有两根小小的暗褐色尖突，就像一只长着触角的昆虫，很容易被看成小小的棕色蝴蝶。

　　在白桦果实完全成熟、干燥之后，果鳞和种子一经风吹或受到摇动，就会像谷壳或麸皮那样一起散落，通常是从果实基部开始逐渐掉落，延续一整个冬季，最后留下裸露而有如棉线一般的果轴。因此，不同于松树，桦树的整颗果实到最后会失去原本聚合的部分而解体。

白桦的圆柱状果实，每个长约一英寸、宽四分之一英寸，包含大约一千粒种子，若每隔七英尺种下一粒种子，那足以种满一英亩[4]地。毫无疑问，一棵桦树本身所含的种子，就足以种遍康科德所有弃耕地好几回。按此比例，你能用一个三英寸立方的盒子，带回一千英亩地所需的种子。

白桦种子既小又轻如麸皮，无风时，非得经过几番旋转，才会落地；一旦起风，则像尘埃一般随风飘扬，就像被印第安人称作"看不见的虫"的那种小虫子一样，立刻从你眼前消失。

有些种子稍受晃动就会落下，有些则是留在树梢，一直晃到春天最后一阵强风来临。在突来的强风里，这些种子，甚至还有那些重得多的种子，即便飞不过高山，还是会被吹过最高的山丘。这种特别盛行于秋春两季的强风，很显然对于植物的散播很有帮助。康多尔引述洪堡德的话说，布尔森戈见过种子飞升五千四百英尺，然后落在附近（显然是在阿尔卑斯山区）。我想，在冬天或春天的多风天气里，我在本郡的任何地方设置罗网，都能拦住一些飘在空中的白桦种子。

这些白桦种子，显然是大自然的北方"谷粒"之一，大自然连同降雪将它们撒播在雪地上——就像人类偶尔撒播某些种子一样。初雪一降，我就看见这些漂亮的褐色鸟状果鳞和带翅种子，被吹进许多表面结冰的洼地里。的确，新英格兰地区在我们这一带，全都撒满这些种子，几乎遍及所有树林和许多的田野，仿佛是以筛子均匀地筛落下来的；而每次降雪后，又会再覆上另一层种子，为鸟儿提供新鲜、易得的食物。你很难在本郡找到一大片完全没有这些种子的林地，这些"谷粒"散播好几百英里，遍布博克斯波鲁、剑桥等地——它们就在所有行人的脚下，却很少有人认出它们来。

如果有人确实地分析新英格兰地区的雪地，可能会发现里头有一定比例的白桦种子。每当桦树被折弯、摇动，或被行驶在林间小径的雪橇撞倒，你往往会看到雪地因为撒落的桦树果实而成了褐色，即使从远处看也很显眼。

桦树种子也能像松子那样，被风远远地吹过雪地。一八五六年三月二日，我沿着河岸往上游走——途经普里察德先生的土地，那里的河岸和毗连的田野上，树木很少——惊见河面积雪上有许多桦树的果鳞和种子，那些积雪降下不久，而当时也没什么风。积雪上，每一平方英尺就有一颗种子或一片果鳞；然而，最近的桦树是三十竿外，沿着墙边生长的那一排十五棵的树。我离开河边，走向这些桦树，地上的种子越来越厚，到了距离桦树六竿的地方，雪地已变了颜色；而在另一侧，亦即桦树的东边，却一颗种子也没有。这些掉落的种子，看来还不到桦树所结的四分之一。回到河边后，我看到有些种子远远落在四十竿外，或许，在更顺风的方向，我会看到它落在更远的地方；因为，一如往常，引我注意的主要是果鳞，而那些不易察觉的微小带翅种子，可能已自果鳞脱落。由此可见，大自然是多么勤劳不倦地传播它的种子。即便在春天，大自然也准备了桦树种子——对了，还有赤杨和松树的种子。那些被吹送到远方的种子，有很多停落在河边洼地，当河面的冰消融后，它们就会被水流送往远方的河岸和草地。因为，正如我经由实验发现的，虽然果鳞很快就会沉入水里，但种子能漂流数日。

我注意到，在草地旁河水涨涨落落的缓坡上，桦树往往并排生长，看来原先的种子是被河水的溢流留在那里，或掉进平行的积雪凹陷处。

去年夏天，我发现长在某座湖泊（面积约为六十英亩）一侧的那些黑桦树，所结的种子已经漂至其他岸边，并在高水位线的地方，发芽生长起来。

显然，那些落在湖泊表面的种子，无论是借由风力或其他媒介带来，只要没有沉没，就会漂到岸边，聚在一个小区域内——如果种子能适应那个环境，最终就能从该处陆地扩展。我相信，要是在我们的树林里挖出一个这样的湖泊，那么柳树、桦树、赤杨和槭树等树，很快就会以同样或类似的途径在水岸四周生长起来，即便这附近之前从未有过这些树。

康多尔说，杜罗举了一例，显示芥菜和桦树的种子浸于淡水二十年后，仍保有生命力。

你常会看到旧时林中小径的凹沟处，长出茂密笔直的白桦，原先的种子应是被吹到凹沟里并连绵成一长条的积雪沟。

桦树种子就这样，如微粒或沙尘般地撒播各地，大多数人都没认出它们是种子，这让人想到那些更细微的种子，例如菌类的孢子，如何散布于空气之中——也让我们了解了那个事实。

难怪白桦在本地分布如此广泛，并成为特色树种，桦树苗年年在这么多不受注意的地方冒出，尤其是在经过清理或焚烧的地面。

有一天，我注意到有一株一英尺高的小白桦长在我家门前大街的排水沟，这株白桦在那里就像长在波士顿州街上一样奇怪。原先的种子也许是被强风刮来，或是从某位伐木工的手推车上被吹走。由此可见，要是这座村庄被废弃，森林必定很快就会再度繁茂。

然而，劳登在《英国的乔木与灌木》提到，小白桦"鲜少群聚生长；而每棵树木也隔着相当间距"。这在本地并不成立。由于白桦种子在此几乎传遍各地，加上土壤适宜，因此白桦不但在开阔地形成特别密集且种类单一的密林，而且也广泛分布于松林和橡树林里。因此，在这一带，人们常会砍除开始衰败的桦树，留下能活得较久、成熟程度仅达四分之一或一半的桦树，但它们所形成的桦树林，依然非常茂密。桦树种子要是落在水面，就会漂到岸边伺机成长，不过这些种子也常被周围的积水扼杀。

根据一般观察，在缅因州和北部其他地方，每当一片常绿树林被烧掉，最先且最常冒出的树种之一，就是纸皮桦，而且它们就像变魔术一样，会在据说不曾出现过该树种的地方形成茂密而广阔的森林。然而，大家都忘了或不晓得的是，桦树种子既繁多又轻飘，而且在各处的森林中，几乎都有桦树的踪迹。过去十五年里，我曾在缅因州各个野地生火上百次，那些地方彼此相距甚远，我却不记得有哪一次在附近找不到桦树皮来点火。桦树皮是很常用的点火材料。

布洛杰特在其《气候学》中说道："桦树在北极圈的森林里很多，往南直到北纬四十一度的林地里都很常见，无论平地或高山皆然。"这种情形似乎亦可见于欧洲和亚洲的北部。

劳登谈到欧洲的白桦，他说"，据帕拉斯所述，桦树是俄罗斯帝国全境最常见的树种，可见于波罗的海到东部海洋之间的每处树林"。劳登也从一位法国作者那里读到，"在普鲁士，到处都种着桦树，该树种被认为能保障燃料不虞匮乏，并能确保森林的兴盛，因为它们能将种子传遍每处空地"。

我们很容易取得白桦幼苗来移植。这些幼苗是最早抽叶的灌木之一，因此很容易发现。一八五九年春天，有次散步时，我遇见一大片前一年的白桦幼苗，就长在某个旧麦田旁的草地上。我知道某位邻人想要一些桦树，于是我拔下了一百株幼苗想要给他，然后，我走到下一处沼泽，用那里的苔藓捆绑那些幼苗。我后来遇到那位邻人，就将那一百株白桦幼苗交给他移植。其实，我大可在一两小时内采收一千株幼苗，

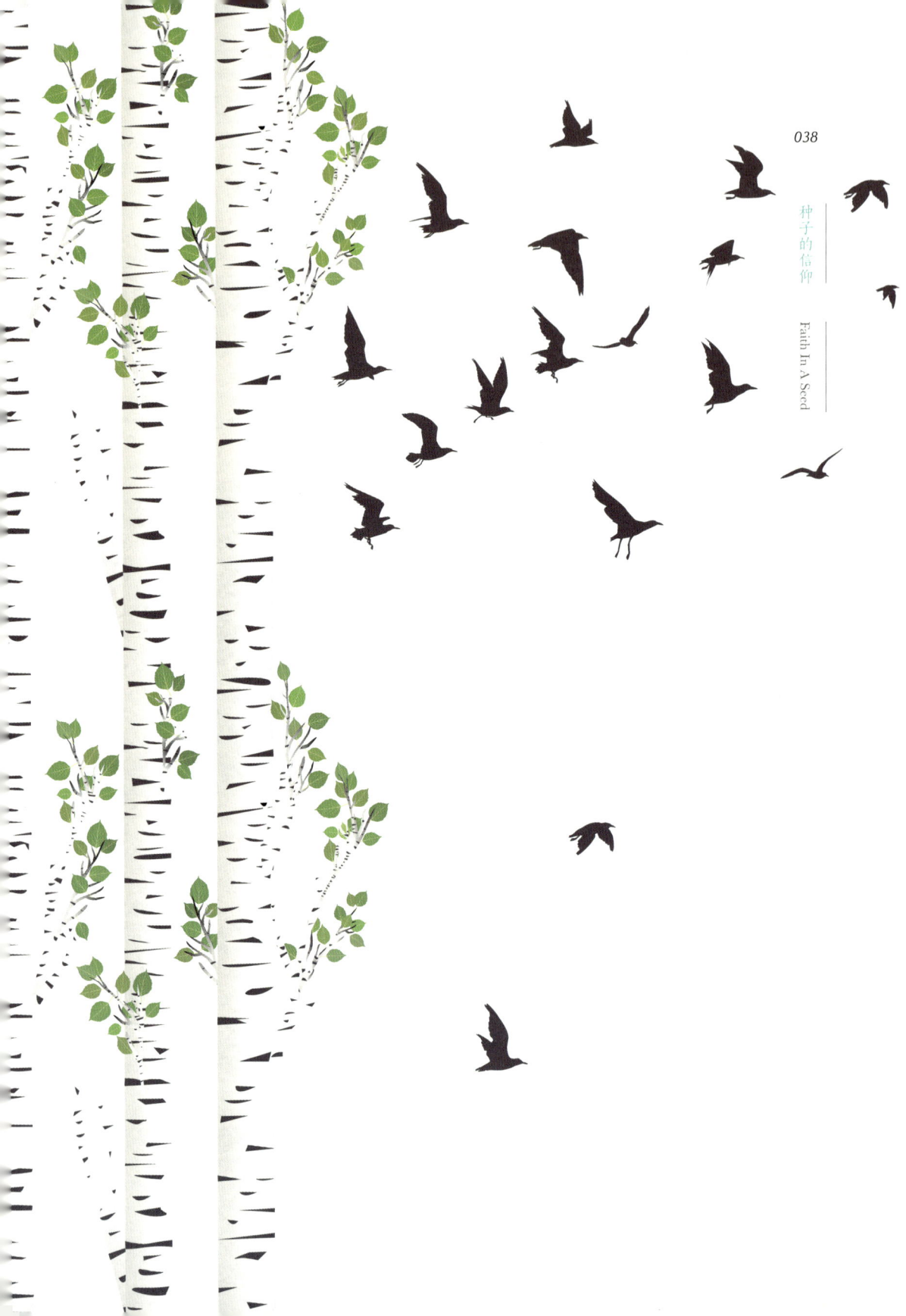

种子的信仰

Faith In A Seed

但我建议先让幼苗生长两三年后再移植，届时它们会比较耐旱。一八六一年八月，我发现那些幼苗有六十株存活下来，长到一到五英尺高。

由于桦树经常出现在开阔地和土壤贫瘠处，因此某些地方的人将它们称作"废耕地的桦树"。

我经常看到在一大片荒废土地上，经过一两年，就会冒出一片茂密的年轻桦树林，它们的枝条将土地抹红了。但让我惊讶的是，地主似乎未曾注意过这份恩赐，经常决定把那片土地再度清空，以再收一茬黑麦，然后便休耕了——从而毁了这么一片两岁大的桦树林。这座树林令我忍不住关心，地主却对其一无所知。砍掉这些小树后，他如今或许得等上二十年才能看到一片森林形成；反之，要是他任其自然发展，就能在三分之二的时间内，获得一座可观且能供采伐的漂亮桦树林。在一八四五年或一八四六年，我在树林里拔了一株约两英尺半高的白桦，并将其带回家，亲手种在院子里。经过十年，这棵树已经要比大多数同龄的桦树大得多，目前在离地一英尺处的树干周长为□□英寸。

如果风力不足，就得依靠各种鸟儿来传播种子——它们食用桦树种子，并摇落了比它们所吃数量多十倍以上的种子。当桦树所结的种子数量到达巅峰时，一大群一大群的小朱顶雀便自北方地区南下取食，成为我们这里最常见的冬候鸟。它们飞落在桦树上，摇动和撕扯球果，然后聚集在树下的雪地，忙碌地在矮林里啄食种子。虽然一座树林里可能只有几棵白桦或黑桦，但这些鸟儿能从远处就认出桦树的树梢。当我听见它们鸣唱，就会环顾四周，去找找桦树，通常都能在树梢发现它们。穆迪说："某只鸟儿在山涧上方啄食垂枝桦的细长枝条，这景象真美。"这些枝条往往有二十英尺长，并不比打包绳粗。在这些枝条的末端，有时可见鸟儿有如钟摆般前后摇摆，虽忙于取食，却不曾失足。

我也看到过和小朱顶雀很相像的金翅雀，以同样方式啄食桦树种子。

然而，即便不提树上的果实，我们也能看见在树下的雪地，已为鸟儿摆设了丰盛的筵席，持续款待鸟儿整个冬天，而且全国各地都有。

无翅也能飞的 赤杨种子

赤杨为桦树近亲，而赤杨种子也以类似的方式传播，不过种子没有翅膀。赤杨种子也会在整个冬季持续飘落，撒满树丛和周围的雪地，赤杨种子的形状扁平而边缘薄——不过要比桦树种子大且重——能被吹上好一段距离。当然，赤杨种子不需带翅，是因为赤杨长在溪流边上或湿地里，种子能随着水漂流；反观桦树虽然分布范围广，却大多长于干燥土壤，常见于干旱山丘的顶端。这可以解释为何新英格兰北部山区的山赤杨拥有带翅的种子，那显然是要让种子能从某座深谷传到另一座，并能到达更高的地方。

灰赤杨种子起初会漂浮，但后来会沉到水底。我看到这些种子落定，在春天雪融之后随即漂走，并被冲至岸边积成一堆堆，那里通常就是灰赤杨占地生长的地方。因此，农人经常看到灰赤杨在自家草地呈一条直线冒了出来，正好长在某条高水位线。河水高涨时，这些种子也会漂进浅湾，最终在那里形成一座赤杨林，法国人称之为 aulnage，这个方便的词汇在英语里没有对应词。

食用桦树种子的鸟类也吃赤杨种子。每当我沿着结冰且积雪的河流往上走，经常看见整群小朱顶雀在河边食用赤杨种子，它们从球果里取出种子，就像取出铁杉和落叶松种子那样，经常以头下脚上的姿势倒挂在树上吃。而我也见过它们在树下跑动，捡取或许是由它们摇落的种子，踏出两条蜿蜒而似链状的并行线。

我甚至看过松鼠食用赤杨种子，它们就像处理松果那般

鸟儿在雪地上的脚印

梭罗手绘鸟儿在雪地跑动的足迹，形成链状并行线

剥开赤杨果实，这表明松鼠或许也会吃更好对付的桦树种子。

有如昆虫薄翅的
枫树种子

枫树种子是另一种可由风力、水力及动物传播的种子。所有新英格兰地区的人都认得红枫那种漂亮的鲜红果实，在河上泛舟的人则会于六月一日左右看到银白枫的大型翅果在河面漂流。这种翅果长近两英寸、宽近半英寸，翅膀内的翅脉伸展直到边缘，让它看起来有如一只绿色的蛾，准备载着种子起飞。我注意到这些种子飘落的时节，大约与罗宾蛾破蛹羽化同时，我偶尔会在早晨发现它们坠落在布满枫树种子的河面。至于糖枫种子，要到秋天首次严霜来临时才会成熟，那通常是在十月份，许多种子会坚守到冬天才落下。

杰勒德早先关于欧洲某种枫树的记述，足以适用在所有枫树身上。他在描述枫树花朵后说："开花之后，接着生出两两相连的修长果实，一个果实跟另一个果实彼此相对，果仁在两个果实相连处形成凸起；其余部分则是又平又薄，有如羊皮纸，或是蚱蜢的内翅。"由于枫树的果翅具有明显脉络纹理，因此要比松子的翅更像真正的翅膀。

所有枫树皆由貌似昆虫翅膀的薄膜包着种子，而种子则在薄膜基部内发育。即便种子发育不全，这片薄膜往往还是长得很好——你会说，比起要被传播的种子，大自然似乎更认真地准备传播种子的工具。枫树的翅果就像是在种子外头编织一个漂亮的薄布袋，并附上把手让风抓住，然后把种子托付给风，就这样把种子传送出去，扩展枫树的领域；这就像是让专利局以特殊的包裹来邮寄种子一样有效。宇宙政府设有专利局，里头那些管理者传播种子的热忱，就像华盛顿的任何人员一样，但它们的运作更广大且规律得多。

值得注意的是，银白枫于河岸和岸边林泽极为常见，因而被某些人称作河枫。这种树在本镇的分布极为有限，据我观察，它只会长在阿萨伯特河岸边，还有康科德河主流在阿萨伯特河河口以下部分的岸边，成为这些地方的特有树种；然而，康科德河在阿萨伯特河河口以上大约十英里的河岸都没有银白枫，不过在更往上去的萨德伯里再次出现。毫无疑问，银白枫在阿萨伯特河流经的地方较为普遍，而其种子可能就此沿河而下。大部分其他树种，甚至包括红枫在内，要是立于水边，至少都会显得有些退却或保留，好像担心被弄湿一样；然而，银白枫显然天生要跟黑柳一起立足河岸，将树枝垂曳在河面，作为河流的一项特殊装饰。或许，银白枫的大型种子在传播上，借助水力要多于风力。

红枫在任何低地几乎都能形成茂密枫林，被称作"枫泽"，而红枫也会散布在其他树林里，在低地和高地都有，只是在高地的长势较差。

约莫五月中旬，林泽边缘那些果实将熟的红枫，正是大地的一大美景，尤其是在适宜的阳光里观赏。那些翅果色彩鲜明，常为绯红色，悬于果梗末端，果梗长约三英寸，颜色较翅果略深。这些阳光中的双翅果，果梗先是优雅地向外拱起，然后才下垂，方便果实向外散播并给予足够空间。它们不均匀地分布在树枝上，在风中颤动着，经常被吹得纠结在一起。如同唐棣的花朵，这种漂亮的果实大多见于光秃秃的树枝上，这时无论是枫树还是其他树的叶子都还没出现呢。

六月初，堤道撒满枫树种子，大概经过一个月，我很惊讶地看见沿着河边长出一丛丛茂密的枫树苗，高度在一英寸以上，全是由这一年的种子在水边的沙里发出，它们漂到那里并获得所需的水分，尤其是在出现涡流的河湾岸边，无论为沙质或泥质，都会冒出幼苗。

如果你在仲夏时分细看一座茂密的红枫林泽，通常会见到许多幼苗——但只有在最好的区域，譬如水苔地上，水苔地不但隐护红枫种子，同时也提供必需的水分。那些幼苗已深深扎根，而现已无用的种子，连同消瘦的脆弱果翅，空置一旁，不再连着幼苗，仿佛毫不相关——它们如此迅速地完成了任务。

去年九月，我在一片马铃薯田看到许多红枫幼苗，显然是在那年前一次翻地或耕作过后冒出的。那些幼苗颇为茂密，从一棵小树——那是附近唯一的红枫——往西北方延伸多达十一竿，占据一片卵形或锥形的空间，这正是种子飘落的范围。显然，那些种子是因为该地在那年经过耕作才能生长。在前年之前的好多年里，那里一直都是牧草地，没有人察觉曾有枫树种子落在上头。显然，那块地保持牧草地的状态，连年长满青草，虽然旁边就有一些红枫，但其种子都未在此生根；然而，最终这块地经过犁翻，那年落在上头的种子就得以萌芽；如果这块地碰巧没有再被犁翻，而牛群也被挡在外面，那么你就会看到一座枫林。其他种子较轻的树种的萌发，也是如此。

糖枫虽被说是美国最常见的树种，但我在本镇仅一处地方发现过糖枫生长。糖枫主要长在高地（丘陵或高山），由于种子很晚才落下，因此我猜想其传播多少受助于降雪。

　　动物或许也和枫树种子的传播有关。劳登建议要在春季种下枫树种子，而不要在秋季，以免遭鼹鼠吞食。

　　一八五八年五月十三日，我乘船停在康科德河一处风平浪静、阳光充足的河湾，就在阿萨伯特河河口以上，我看见有只红松鼠偷偷溜上一棵红枫，像是在找鸟巢，不过，多数鸟类这时尚未筑巢，我想看看它到底是为何而来。它爬到细枝末端，压得细枝弯下，接着探出颈，咬下成簇的果实，有时还用脚爪将整簇果实扳弯过来，然后后退一些，蹲坐在树

枝上，用脚爪将那些半熟翅果大量塞进嘴里，仿佛那是甜美的果实。一串又一串果实被它扯下、吃掉，也掉落许多在地上，满树的红果围绕着它，它享用着一场说不上奢华却丰富的宴席。当我坐望太阳，阳光透过高高栖身于细枝的松鼠射向我，把红色的翅果照得发光而透明，仿佛来自仙境的果子，这是令人喜悦的景象。我想到，松鼠能享用的食物真是丰富多样。最后，当风突然转强，摇动松鼠脚下的树枝，它便迅速跑下十余英尺。

这多少能说明，为何枫树种子在落下后便很快消失。仲夏时节，你若来到一大片枫树林泽，你会惊讶地发现，六周前被种子染得通红的枫树林泽，现在只剩下极少的种子，其中有些或许已经空了。虽然种子的数量很多，但你通常不会看见它们长成等量的茂密小树林，因为只有很少数的种子，掉进苔藓和树叶的缝隙里，因而逃过被动物吃掉的命运。

水边的榆树和
桦树翅果

最晚到五月十日，在榆树的叶芽尚未展开之前，满树的翅果却已让榆树具有一种枝繁叶茂的模样，或者像是长满了小小的蛇麻花一样。过了一两天，尤其是在夜里下雨过后，你会看到榆树种子多已落地或正持续落下。这些种子不但撒满街道和水洼，还在河面形成一片片的绿，然后顺流而下，漂上草地，播种在其他河岸上，这些树因此常可在河道边上见到。榆树应是本地乔木和灌木之中最早结籽的。

所有园丁都晓得，要保持园子边缘不长出小榆树是件麻烦事。当榆树种子撞上围篱，就会有太多榆树就在某个荒废园子冒出，矗立在屋子前。就连鸟儿也会追寻榆树种子，帮它们传播。卡姆曾于百年前游历美国，并在游记里谈及，他在尚普兰湖附近的时候，其中一位同伴开枪打下为数颇多的鸽子，"而且给了我们一些，我们在其体内发现大量榆树种子，这清楚表明上天为其供应食物的用心。因为在五月份，此地盛产的红枫种子正好成熟掉落，在那段时间为鸽子食用；其后，榆树种子成熟，又成了它们的食物，接着还有其他种子为它们而成熟"。然而，据我观察，榆树种子要比红枫种子先成熟。我见过玫胸白翅岭雀食用榆树种子。

美国白蜡树（白桦树）也是如此，其刀状翅果据说往往留在树上过冬，并以类似榆树和枫树的方式来传播，它们的种子在围墙边或某个角落被拦下并得到保护，就能萌发生长；此外，种子也会在河里漂流，并在河岸周围成长。

非常喜爱水边环境的黑桦树，其种子的传送更是有赖于水力。

我经常在我们的河边草地看到包含枫树、榆树、桦树和各种灌木混杂的一处小树丛，围着一块岩石，枝叶经常遮掩了那块岩石；或者有时候，在较为坚实的河岸，有两三棵榆树紧紧围着一块裸露的石头，并在春天的水面上昂首而立，仿佛是在保护它，不让它被冲走。我起初在想，这石头是如何漂到树木之间的。其实，那些榆树的生长开端和存续，都要归功于那块石头。它先是留住漂流的种子，接着保护幼苗，而今则维护着榆树立足的土壤。

于是，很久以前落在草地的一块大石，最终造就了一片
树丛，藏匿在受益于它的那些树木之间。

第二章

因风而起的毛絮种子

风中的棉絮

　　五、六月份的天空，飘满了柳树和杨树的带毛种子，水面上，也形成了厚厚一层浮渣。柳树和杨树的花为雌雄异株，雄花和雌花多半长在不同的植株上。那些长在本地堤道上的外来白柳，碰巧多为雄株。雌性的柳树，当果实成熟爆开，你能凭着一片灰白，轻易地从远处认出。据说垂柳的雄株从未引进美国，我们只拥有这种树的一半，因此在这里找不到完美的种子。此外，那些常见于本地河岸的原生柳树，我只看到两性中的其中一性，至于我们的美国白杨，大多数都是雌株。

柳树雌花序长约一英寸，貌似绿色毛虫，在黄色的雄花序掉落或枯萎之后，雌花序开始快速发育果实。一串雌花序会发育出二十五到一百个小果实，这些果实略呈卵形且状似鸟喙，里头紧紧塞满棉絮，包藏无数肉眼难见的微小种子。一待成熟，鸟喙状果实打开嘴巴，开裂的两半各自往后卷，将毛茸茸的种子释放出来，就像马利筋一样。如果实际大小差很多的话，一串柳树果实，看起来就像上百个马利筋果实聚集在一根棒子上。

柳树种子比桦树种子更小、更轻——据我测量，只能算是微粒，长度仅为十六分之一英寸，宽度仅为长度的四分之一——基部包围着一簇棉絮般的绒毛，这些绒毛约四分之一英寸长，不规则地分布在种子的四周和上方。这些绒毛使柳树种子成为最容易飘浮的树木种子，能被微风水平吹送至极远的地方。柳树种子落下极缓，即便在室内的无风状态之中也是这样，却能在炉子上方的热气里迅速上升。它就像游丝般飘浮，蜿蜒行进，而在这簇蛛网般绒毛的包覆之下，你很难看见种子。需要一部最精巧的轧棉机，才能把这些种子和绒毛分开。

到了五月十三日，本地柳树里开花最早的水杨柳，就在温暖的草地边缘伸展一两英尺长的绿色嫩枝，上头长满三英寸长、弯曲有如毛虫的串串果实。如同榆树果实，这些果实也在叶子出现前在树上形成醒目的一片绿。不过，现在有些果实已开始迸裂、露出绒毛，使得水杨柳在本地的乔木和灌木之中，是紧接榆树之后开始散播种子的树。

三四天后，在林间和林缘干燥洼地的草原柳，以及位于地势高且极干的林间小径的本地最小的矮毛柳，都开始露出绒毛。后者的细枝很快就覆满柳絮，有如灰白的棍杖，里面包含着有如毛虫粪便的绿色小种子。

此外，约略同时，早熟的颤杨也开始吐露绒毛，晚些则是大齿白杨。这些杨树的果实形状特异，长得很大，而后又会转为鲜黄，看起来很像漂亮的成熟水果。

在六月的前半个月，各种柳树的柳絮和种子飘遍各处堤道和草地。

一八六〇年六月九日，我们碰上六场夏日骤雨——西边和东北边突然飘来乌云，还有一些雷鸣和冰雹。就在这些骤雨过后，我在午后站上磨坊水坝，看见约在屋顶高度的空中，充满某种绒毛，我起初以为那是来自某个房间的羽毛或棉絮。那种绒毛就像一群蜉蝣那样起起落落，或者像是一大团跳动的白色尘埃，间或降至地面。后来，我又以为那是某种轻薄易飘的昆虫。那些绒毛受到建筑之间和之上的微弱气流驱动，沿着街道飘过，衬着还悬在西边的乌云，在潮湿的空气里看起来非常明显。店主们站在自家门口，好奇这是什么。这是白柳的柳絮，大雨将它们从果实中释放出来，接着而来的微风则使它们飞离，带走微小的黑色种子。土地刚刚变得湿润，

正是播撒这种子的好时机。我追溯出那些柳絮来自二十竿外的一棵大柳树，距离那条街有十二竿，就在打铁铺后方。

柳树就是以这种方式播撒种子，这些带着绒毛的细小微粒，就算擦过你的脸颊你也不会察觉，以后却可长成直径五英尺的大树。

一周过后，到了六月十五日，当时我在康科德河上，看到某种东西染白了下风处的河岸，那里有个小湾，就坐落在黑柳和风箱树丛之间。这明显的一片白色延伸了两三竿，让我想到有次看到从失事船只冲上海岸的那些白色破布，也让我想到羽毛。我靠近一看，发现那是白柳的柳絮，一如往常充满着细小种子，被风吹聚一处，看来有如水边的浓密白色泡沫，宽达一两英尺，像毛毯或棉垫那样覆盖着水面，而且也和泡沫一样会在外缘堆高或隆起。我原本没想到那是柳絮，因为河边并无白柳，而现在也不是那一带黑柳吐絮的时节。此时吹着西南风，那些柳絮就是来自西南方二十竿外某条堤道上的一些白柳，它们已先被吹越了十五竿的陆地，才来到此处。

这些毛絮是柳树和杨树最广为人知的一项特点。美国白杨为人诟病的缺点就是毛絮会掉得整个院子都是。有种目前并未长在康科德的杨树，甚至被叫作棉花树。

不毛之地的
拓荒者

普林尼认为，柳树在种子成熟前就丢失它，使其变成蛛网："in araneam abit"。希腊诗人荷马曾在《奥德赛》里描述柳树，普林尼等人将他的描述解释为"失去种子的"，不过其他人则解作"不孕的"。
在《奥德赛》中，女神喀耳刻在指引尤利西斯前往冥界时说：

　　不久你将抵达旧海末端，倾斜海岸在那沉降入海；
　　女神普洛塞庇涅那黑树林的不孕树，杨树和柳树在
洪水里颤动。

　　我由此推论荷马笔下冥河河岸的样子，必定近似美国西
北大草原的河流，如萨斯喀彻温河和阿西尼博因河等。诗人

借由天界最偏远、最为不毛之处，来设想冥界的模样。那些曾走过美国广袤西北平原的探险家，从麦肯锡到欣德，都谈到当地最常见的树木，在河谷、近河处的就是小型的白杨和柳树；而有些人认为，那些大草原若非每年都被印第安人焚烧，最终或能长出更高贵的树林。

我经常在缅因州的荒野，甚至这附近，发现杨树在以火烧般的速度迅速冒出。值得注意的是，那些种子最小最轻的树，竟然传播得最广——可说是所有树种的先锋，在较偏北方和更为不毛的地区更是如此。杨树那微小的种子在空气里飘浮、远扬，迅速覆满英属北美地区和我们北部那些火烧地，为河狸和野兔提供食物和庇护之处；水流也协助运送它们。而种子较大、较重的树木，虽然走在杨树铺好的道路上，却传播得比较慢。

没有哪种土壤因为太过干燥、多沙、潮湿，抑或处于太高或太冷的地方，而不能作为某种柳树特有的生育地。一八五八年七月，我看到白山山脉的高山区域，有好几大片地方被那矮小的熊果柳的柳絮染成灰白，这是一种茂密丛生的蔓生灌木，踩踏过去的感觉就像苔藓。其种子以不可抑止的弹力和浮力迸发，将自身族类传遍白山山脉的一座座山峰。另一种亦可于当地发现的柳树是矮柳——它即便不是最小的灌木，也是最小的柳树——这种柳树据说与北极柳同为所有木本植物中分布最北的。

虽然我们不常观察到这些种子飘过空中，但只要做个适当的测试，几乎能在任何地方发现它们。到我们森林里的任何一处观察——无论那里如何多沙，例如铁道沿线，或因霜害而无树木长出之地——除柳树（草原柳或矮毛柳）和杨树之外，没有其他哪种灌木或乔木有可能会在那里立足生长。

白杨谷与
柳堤

　　如同马利筋种子，杨树种子似乎也多在风止息的洼地落脚。或者，这些种子之所以碰巧在那里成长，主要是因为这些地方结了霜，较不耐寒的植物难以占领。在这附近有许多这样的杨树洼地。

　　在任何开阔草地上建造一条堤道后，如果人类不加干涉，那条堤道的两侧总是很快就会冒出一整排的柳树（还有赤杨之类的植物），即便先前或许没有任何柳树长在附近，也没有任何植株或种子被人类带到那里。由此，人类学会借由种植最大型的柳树来为堤道抵挡洪水。

　　本地的铁路约于一八四四年兴建，当时有一大片多为草地的开阔地带，位于村庄西端以南，坐落在村庄和树林之间，没有任何明显的灌木丛生长。铁路堤道穿越这里，建起了一座高度超过十五英尺的沙堤，以南北向与河流直交。大约十年过后，我惊见柳树在此形成绵延的天然树篱，尤其是沿着这条沙堤东侧的基底，那边有道栅栏始于距河大约半英里处，并延伸半英里直到树林。那座柳树篱当然就像那条铁路或其栅栏一样笔直。

　　事实上，那座篱笆就像一座天然的柳树园，很方便我做研究，里头有八种柳树，约为我在康科德所见种类的一半：喙状柳、草原柳、水杨柳、白柳、密苏里河柳、绢毛柳、沼泽柳以及亮叶柳，其中只有白柳非本地原产。你可能会以为，那些种子或枝条是在兴建堤道时，跟着沙子一起从附近树林里的深谷带来的；然而，这些柳树至多只有前三种长在那里，后四种仅见于半英里以北、村庄彼端的河边草地——的确，它们在镇上通常都只长在河边和毗

邻的草地。要是我发现后两种出现在远离河边草地的地方，必会特别惊讶，因为它们在本地的分布非常局限。白柳是其中唯一一种，就我所知曾长在上述堤道附近的区域。

因此，我认为这些柳树至少有一半的种子——或许另一半的大部分也是——从远方被吹到这里，被沙堤拦下，落脚在其底部，有点像飘雪那样积在那里。因为我在它们之间看到数棵桦树，它们源自十竿以东草原上的那棵桦树，而其他地方并没有桦树萌芽生长。这里还有一些赤杨、榆树、桦树、杨树和某种接骨木。于是，如果其他条件合适，你必能看到柳树冒出，因为空气中总是飘浮着许多它们的种子。

这片空旷草地上，可能好几年里都不曾有过一棵柳树扎根，但当草地上建起一道这样的屏障后，沿途很快就会长满柳树，因为这道屏障除了聚积种子，也能为柳树抵挡人类和其他敌人。柳树只会沿着屏障的基部生长，就像它们只会沿着河流的岸边生长那样。沙堤之于柳树，就如同湖岸一样，而整片草地就像湖泊；柳树享受着沙子的温暖和庇护，而其根部沉醉于草地的湿润。如果我们思考树木和野草的来源，那么我们会发现，它们就像雪一样飘向栅栏和山坡，在那里获得成长的支持和保护。

这些柳树多么急切、多么繁茂、多么早熟。它们拉丁文学名中的 *Salix*，来自 *salire* 这个单词，为"跳跃"之意，它们跃起得如此迅速、如此活跃。它们在两年内才抽出两条幼枝，枝上就立刻发出银白的花序，接着就是盛开的金黄色的花和带毛的种子，它们以惊人的速度来传播族群。如此，它们繁衍不息并群聚一处，就连对其他树种来说是侵入领域、干扰生长的铁路，它们也能善加利用。

然而，虽说柳树种子年年都在空中撒满柳絮，被风吹遍树林和草地，但显然只有百万分之一能长成灌木或乔木。不过那就够了，大自然的目的已获得满足。许多白柳长在本地的堤道两旁，但少有白柳在别处自然萌发并维持领地，我猜想这些白柳来自意外落下的柳条而非种子。就连少数跟着黑柳一块长在溪边的白柳，也可能是来自从堤道漂去的枝条。最老且最大的白柳就长在房屋周围，如果我们相信传说的话，那么它们都有共同的历史，几乎每棵柳树都有相同的故事。某位胖老爹坐在屋里回忆儿时，当年在院子玩骑马，他最后将柳枝插在地上，然后忘了这回事，而柳枝现已长成那边的大树，所有过客都为之赞叹。当然，让太多柳树种子长成也行不通，因为要是每颗白柳种子都长成这样的大树，那么几年内，整个地球就会变成一座柳树林，这并非大自然会做的计划。

另一种外来柳树——杞柳，是在几年前偶然来到本镇，那时有一枝柳条被用来捆绑其他树木。有位好奇的园丁将那枝柳条插在地里，而今它已有了后裔。

百折不挠的
黑柳

约莫六月中旬，沿河而生的黑柳结起籽，其柳絮开始飘落水面，并持续飘落一个多月。黑柳柳絮在树上最显眼的时候是在六月末周，带来一种斑驳的绿白样貌，相当有趣，就像果实一样。那些柳絮也在此时大量布满水面。

六月七日，一些黑柳种子被我放进窗边的圆杯里，不到两天就发了芽，长出圆圆的小绿叶。这让我既惊讶又好奇，因为植物学家经常抱怨，要让柳树种子发芽有多么困难。

我想我知道黑柳如何繁殖。它那微小的棕色种子，在绒毛里隐约可见，随之飘至水面——尤以六月二十五日最多——这些绒毛在水面漂流，还跟其他东西一块形成厚厚的白色浮渣，经常在水流较小之处，碰到河边的赤杨或其他低垂的灌木。这些浮渣通常呈现窄窄的新月形，长十到十五英尺，并与河岸形成直角，月弯则朝向下游，看来又厚又白，让我想到白霜。在两三天内，大量种子发芽，在一片白色之中露出圆圆的小绿叶，将浮渣表面略微染绿，就像在浮着棉花的水杯里撒上草籽。这些种子有许多漂进河岸的风箱树、柳树等灌木和莎草之间；或许就在细根长出时，水位下降了，它们便轻轻沉积在树荫底下刚露出的淤泥上，许多种子也许就这样有了机会长大成树。但是，它们如果未掉进够浅的水面，并适时地留在淤泥里，可能就消亡了。我在许多这样的地方，看过淤泥点缀着绿色，而那些种子或许是被风直接吹到那里的。

然而，它们借着这个方法若是无法成功，还有其他办法。比方说，像是长在本地河岸的另一种柳树，它具有得天独厚的优势，枝条的基部长得很脆，一碰就断，好似被切下一般——不过基部以上反倒极为坚韧，可以绞成强韧的绳索，能用于泊船，此即柳枝在某些国家的用途之一。然而，这些枝条就像种子那般撒落、漂流，然后扎根在第一个停靠的河岸。

第一部　种子的传播

某年六月，我在阿萨伯特河的沙岸上看到一团湿湿的东西，混杂着细屑、叶子和沙子，我注意到里头倒卧着一小株正在开花的黑柳。我将它拔起，发现那是一根十六英寸长的柳条，它有三分之二都埋在那团湿物里。这根柳条或许是被雪弄断、顺流而下、被冲上岸，然后被埋在那里，就像园艺的压条技法一样；如今，埋着的那三分之二，已生出了许多一两英寸长的幼根，而在地面上的部分也抽出叶子和花序——这样就有了一棵树，或许它将来还能高高站立在岸边摇曳呢。黑柳的生命力如此旺盛，它把握住每次机遇，沿河散布蔓延。降雪折断它的柳条，却反而让它传播得更远。

每次，当我把船驶入一片黑柳之中，船上总是撒满了柳枝，因为这些柳树低垂、伸展，甚至依着水面。从前我曾无知地怜悯黑柳的苦命，感叹它们的枝条如此脆而易断，不像芦苇那样柔韧易曲。然而，如今我却钦佩黑柳的坚强。我很乐意将我的竖琴挂在这样的一株柳树上，仿佛这么做就能获得灵感。我在康科德河岸旁边坐了下来，几乎要为了这个发现喜极而泣。

柳树啊，柳树，

　　愿我总能拥有像你那般的好精神，

　　那般柔韧，那般迅速地从伤痛中复原。

胜利之爱与
同情

　　我不晓得人们为何将柳树称作无望之爱的象征，他们说：

　　"被抛弃的情人穿戴着柳树！"

　　毋宁说，柳树是大自然里胜利之爱和同情的象征。它会垂下，也极易弯折，但绝不哭泣。垂柳在此也开得一样有生气，即便它的另一半（雄株）并不在新大陆，而且也从未到来。柳树之所以低垂，并不是要纪念大卫的眼泪，而是要提醒我们，当年在幼发拉底河，它们如何从亚历山大头上摘走皇冠。

　　难怪柳木在古代会被用来制造圆盾，因为柳木和整棵柳树上下一样，不仅柔软易弯，还坚韧而易复原，不会一击即裂，而且能立刻愈合伤口，不让创伤扩大。这种树的命运就是每两三年会被砍断一次，但它们却不会因而死去或哭泣，只会抽出更健壮、更有生气的嫩枝，而且活得跟大多树种一样久。富勒在其《英格兰名人传》中谈道："柳树喜爱潮湿的地方，而且遍布伊利岛，根部可巩固岸边，剪下的柳条可做生火的燃料，生长速度惊人。这里有句俗语说，柳树的利润已为主人买来一匹马，但其他树木的收益却还连马鞍也买不起。"

　　希罗多德说，斯基泰人借助柳杖来占卜，他们要上哪去找更适合用来占卜的树枝呢？连我初见柳杖，我也成了占卜师呢。

　　无论我是在十二月初某处干燥洼地的莎草丛里，还是在仲冬的雪地里，只要看到一根柳枝冒出，即便是最细的那种，都让我精神振奋，仿佛那是沙漠中的绿洲。柳树家族的学名 Salix，来自凯尔特语的 sal（近）和 is（水），意味着它们附近流着某种天然的汁液或生命泉源。柳树是不曾失灵的占卜杖，

总是扎根在水源处。

哎，柳树绝非自尽之树，它从不绝望。大自然里总是会有水汽，让它能化作生命的汁液。柳树是青春、喜悦和永生的象征。何处可见柳树失意的冬天？它的生长几乎不受任何季节的阻碍，白色的柳絮总会在一月最暖的日子里开始吐露。

杨树也不像某些人所称，是法厄同那些哭泣的姊妹，因为没有什么比太阳马车的出现更让杨树欢喜，而它们也丝毫不为那位驾驶员感到悲痛。

想要叙述柳树如何未能传播，或许要比描写它们如何传播来得省事。我不晓得除了那些在巢里用上种子绒毛的鸟，还有哪些动物会帮忙传播柳树。贾汀在写给威尔森的笔记里谈道，他经常在英国北部的年轻冷杉林里，发现于季末所筑的小朱顶雀的鸟巢，"总是铺上柳树的毛絮"。这种做法有时亦可见于我们这里的金翅雀鸟巢。穆迪说，英格兰地区的金翅雀有时会在巢里铺上柳絮。威尔森说，紫红朱雀会以杨树种子为食。

悬铃木的 降落伞

至于悬铃木——据米肖所述，是这个纬度上最大的落叶树——它的种子虽然远大于桦树和柳树的种子，却小于大多数园艺植物的种子。球形的果实直径约为八分之七英寸，系由三四百个长约四分之一英寸的棒状种子组成，那些种子尖端朝下，像针一样密集插在球形针插中；种子的基部围了一圈茶色硬毛，适合作为降落伞。果球连着长而韧的纤维质果柄，高高悬荡在大树上——因此每当树梢长了一些果球，我就会注意到。果球会在冬季和春季的暴风雨中猛烈摇晃，因而逐渐崩解，而种子或许就在一阵强劲的暴风雪里松落。在这种情况下，悬铃木种子虽然不是特别会飘，但仍有机会被风运送一段距离。我注意到这些种子能轻易散布于距离母树十到二十竿的范围。我曾读到书上说"杨树和悬铃木在冲积地和大草原上的内陆森林里占了一大部分"。威尔森说，果园拟黄鹂常用悬铃木的绒毛或羊毛来铺巢，还说紫红朱雀会在冬天食用悬铃木种子。吉罗也说，紫红朱雀似乎很爱那些种子。

渺小的
起源

这般细小的起始——可说仅是一粒微尘——却是巨木之所由生。正如普林尼对柏树的描述："有件事不但惊人，而且不该被忽略，那就是树木竟然是由如此细微的起源产生，而小麦和大麦的谷粒却远远大得多，更别提豆类了。"他又说，蚂蚁非常喜欢柏树的微小种子，让他惊讶的是，"如此微小的昆虫竟能摧毁这般巨树的起源"。

或者，如似乎受了普林尼启发的伊夫林所写的：

凡人之中哪有如此完美的原子论者，愿意分析研究这般飘逸种子的千分之一？这种子可是无法感知的雏形，或像气息般的精神，却能产生高耸的冷杉和展开的橡树。（或者，谁愿相信）如此高耸而巨大的树木，像是榆树、悬铃木和柏树，有些甚至坚硬如铁，扎实如大理石，竟能被裹在这么小的范围里（如果一个点也能说是有范围的话），而没有丝毫脱位、混淆和错乱，放进如此微弱的物质。那在最初不过是某种黏液或腐物，但在埋进大地湿润的孕育处之后，竟能轻易分解、侵蚀那些远远硬得多的物质。而这种子虽然柔弱而有弹性，最终竟能推开或扯碎整块岩石，有时更以超过铁楔的力量将其劈开，甚至能够移山？没有任何重量可以压抑一棵胜利的棕榈，而我们的树木虽是种在腐败里，却能一步步长成坚硬、挺立的壮观大树，变成坚牢的巨塔。不久前才能让一只蚂蚁轻易搬回它那小洞的种子，如今已能抵挡最猛烈的暴风雨。

普林尼和伊夫林会如何谈论世界第八大奇观——加州巨大的"世界爷"呢？这种树起自这般细小的种子（其球果据称形似白松球果，但长仅两英寸半），却见证了世上诸多王国的兴亡。

第三章

鸟是种子的另一双翅膀

当然，我们不应认为前述那些有翅膀或绒毛协助传播、结籽繁多的树，是从无中而生。我知道，主张树木源起于种子的人绝非只有我，只是大自然为它们传播种子的方式，一直很少有人注意罢了。大部分的这些树以及与它们相近的树，在欧洲都普遍由种子培育出来，而在我们这里也开始这么种了。这些树木如此众多，皆因它们那轻而带翅的种子。

至于那些不带翅膀、重量较重的种子和坚果，一般人仍认为，如果结出这些种子的树生长在同类不曾出现过的地方，那么它们必定来自某种不寻常方式自然生长的种子或其他起源；或者，那些种子或起源已在地里休眠数世纪，可能被大火的高温唤醒。我不相信这些说法，我将依据我的观察，提出这样的森林是如何被种植和培育的。

樱桃，
鸟的最爱

　　这些种子其实都拥有另一种翅膀或脚。各种各样的樱桃树广为分布，并不令人惊讶，因为众所周知，樱桃是很受鸟类喜爱的食物。许多种类的樱桃树都被称作"鸟樱"，而更多没有这种称号的樱桃树，同样深受鸟儿喜爱。吃樱桃是鸟类的看家本事，除非我们也像它们那样偶尔散播樱桃种子，不然，我觉得鸟儿比人类更有资格吃樱桃。

　　我们来看看，樱桃种子在果实里的位置有多么巧妙，保证会让鸟儿帮忙运送种子——种子就藏在诱人果肉的最中心，因此想吃果肉的，通常也会将果核一起吃入嘴里。如果你曾一口吃下一颗樱桃，必定有察觉到，就在这一小口美食的中央，有一颗大而粗野的东西最后会留在舌头上。豆子般大的樱桃果核不断被我们送进嘴里，有时还一次送进十几颗。大自然总能说服我们去做任何事情，去达到它所设想的目的。有些急性子的人和孩童就像鸟儿那样，匆忙时会本能地吞下果核，以便尽快从嘴中摆脱它们。只有贵族才负担得起让甜点里的樱桃先去除果核，使他们的生活更加彻底的奢华且无用，或许他们希望为此赎罪，于是偶尔种下一棵树，并大肆宣扬。

　　如此，这些种子虽然自己没有翅膀，但大自然驱使鸫鸟将它们放进嘴里，带着一起飞走。因此，从另一层意义上来看，这些种子其实也有翅膀，而且比松树种子的翅膀更有用，因为这些种子甚至可以逆风飞行。这造成的结果

就是，到处都有樱桃树。许多其他树木的种子，也是这样。

种子如果是长在叶子里或树木根部，就不会这样被运走了。

我经常看到栽培种樱桃的果核被留在树林中的鸟巢里，那里距离樱桃树很远（果园里的鸟巢里更多）；还有，当我俯身饮用泉水，也会看见水底的樱桃核，这必定是那些同样来饮水的鸟儿掉下的，而距离最近的樱桃树远在半英里之外。樱桃树就这样被四处种植。简言之，大家都知道鸟儿非常忙碌地在传播樱桃果核，因为它们没留下几颗樱桃给我们吃。然而，值得注意的是，它们也并不一定都会带走果核。

有位邻人告诉我，鸟儿要先吃完所有嫁接种的樱桃——

甚至还有附近的野生黑樱桃——才会碰他那些次等的欧洲甜樱桃，但最后，它们也把他的甜樱桃采个精光。

于是，栽培种的樱桃树到处冒出，长在新生的萌芽林地或任何没有树木的土地，就像野生樱桃那样；然而，森林的发展和农耕行为都会毁坏它们，因此它们只有在萌芽林地或围篱边上，才会长到引人注意的大小。这些樱桃树似乎偏好长在山顶——也许是鸟儿爱把种子带去那里，也或者是山顶那里有樱桃树偏好的日照、方位和土壤。

在瓦尔登湖旁的某处山顶树林里，有十二到十五棵漂亮的年轻英国樱桃树，那些樱桃树在十二年前被砍，而我记得在费尔黑文山的树林里，围绕着一些大得多的樱桃树。我在去年秋天从湖旁山顶树林之中挖了三株，种在我的园子里，它们都长得很漂亮，而且比我上次造访某座园圃看到的所有樱桃树都长得快——它们的成长是明显而旺盛的——但长着粗大而难以移植的根部。

黑樱桃以相同方式传播，而且范围更广，成为萌芽林地常见的树丛。鸟儿会将它的种子大量送至浓密的树林里，当树林遭到砍伐，这些种子就成了最先、最常冒出的树丛。然而，它们不久也会死去，因而我鲜少在树林里见到高大的樱桃树。你只需让一株樱桃树矗立在你的房子旁，或是你的田地边缘，就能看到一群群的鸟儿——雪松太平鸟（樱桃鸟）、王霸鹟和知更鸟——在樱桃成熟时，每天长途往来奔波。

卡特勒博士于一七八五年谈到白山山脉的北方野生红樱桃——本镇相对少有的一种树——他说："一片没有任何一种樱桃树的土地，在主要包含云杉、松树、山毛榉及桦树（尤其极为高大的）原生林被砍伐并焚烧之后，来年夏天就会冒出大量这种樱桃树。"

米肖也提到相同情况，他说："这种樱桃树有着与纸皮桦同样惊人的特性，都能在这些情况下自行繁衍。"

我曾在缅因州注意到，这种树在伐木营地和运材区萌发得相当浓密，这些地方可能是有一小片区域的植物被砍伐清理，甚至是某位独行旅人宿营一夜的所在——这种树就像树莓和草莓一样，一经人类召唤便热切地出现，因为它们也热爱人类所喜欢的阳光和空气。乔治·B. 埃默森先生在其《麻州自然生长的林木报告》中说，他在缅因和新罕布什尔爬山的时候"多次在溪床——那往往是最好走的路径——发现数量惊人的樱桃果核，即便附近很大范围内并无该类树木"。那些果核也许是被急流冲下，或为鸟兽遗留。即使是从这种环境中冒出的浓密樱桃树丛，也很容易得到解释，你只要想到鸟儿传播樱桃种子，次数有多么繁多，范围有多么广袤。

或许没有哪种树木的果实，能像樱桃一样让鸟儿这么热爱，无论是野生种和栽培种都一样，虽然有些野生种非常不合我们的口味。而鸟儿大多会将樱桃种子带进森林深处。我从鸟类学和亲身观察得知，常见以樱桃为食的鸟类计有知更鸟、雪松太平鸟、嘲鸫、褐矢嘲鸫、王霸鹟、冠蓝鸦、扑动䴕、红头啄木鸟、蓝鸫以及主红雀。

找到果子，
就找到鸟儿

古代人观察到某些种子常由鸟类种下，从而推论鸟类是传播那些种子的必要媒介。伊夫林谈到冬青树——这种树可用于制造粘鸟胶——的种子，他说"传说那些种子得先通过鸫鸟的嗉囊才会发芽；因此有句拉丁谚语说'Turdus exitium suum cacat'"。

如果你想研究鸟类习性，就去有鸟类食物的地方。比方说，如果是九月一日左右，就去找野生黑樱桃、接骨木、美洲商陆以及花楸树。除正在枯萎的鸟嘴莓、野生樱桃和接骨木的果实，就是此时本镇最盛产的野果。

我在一八五九年九月一日那天，走在林肯郡树林深处的一片萌芽林地，看到一小棵黑樱桃树结满果实。我摘了一些果实，并在那里看到、听到久违的雪松太平鸟——听到它们的尖声鸣叫和优美的歌声——还有这季节少见的知更鸟。我向同行的伙伴说，这些鸟儿的身影和叫声颇为难得。我们坐在靠近这棵树的一块大石头上，听着这时节不寻常的声音。时而有一两只鸟从天空冲向这棵树，直到看见我们而突然转向，并感到失望，它们可能飞降到附近的树枝上，等着我们离去。

雪松太平鸟和知更鸟似乎晓得本镇任何野生樱桃树的所在，这季节，你必定会在那些树上发现它们，就像在蓟花上发现蜜蜂和蝴蝶一样。要是我们久留，那些鸟儿就会忽然飞往另一棵它们知道而我们不知道的樱桃树上。现在，一棵结满果实的野樱桃树的四周，因着鸟鸣而有如春天再临。

最后，我们继续上路，穿越寂静无人的田野和树林，过了一两英里后，我在某处围篱旁采了一篮子接骨木果，突然发现自己碰上一群年轻的橙腹拟黄鹂和蓝鸲，它们显然是在取食果实，在我眼前轻快地飞向一株又一株接骨木。就这样，我们每次来到有这些果实的地方，都发现这些爱吃果实的鸟儿群聚在一起。

每年有多少樱桃果核——尤其是能让鸟儿轻易咽下的较小或野生的种类——被播撒在田野和树林里啊！

被火烧的地方会冒出新的树木，这并不奇异神秘，这是因为那些年幼、脆弱的树苗，原本会因森林的浓密阴暗而死去，但如今它们的根部逃过大火，而有机会在那里成长；要不就是，在土地经过如此清理后，种子得以在此扎根。

鸟儿的
野果菜单

值得注意的是，野果、莓果和种子，是鸟类和老鼠等动物很普遍的食物。我会说，无论那些果实多么硬、干、酸、苦、乏味或微小，它们都爱吃，全是因为它们的口味与我们不同。

侧柏

比方说，有多少种鸟类是在秋冬季节以侧柏的果实为食？根据鸟类学家所述，最常见的是知更鸟、雪松太平鸟、黄腰白喉林莺、蓝鸲、紫红朱雀、嘲鸫、松雀，据我观察，还包括乌鸦；而且这些鸟儿可能也会吃匍匐的塔枝圆柏的果实。威尔森说，雪松太平鸟"无节制地爱吃"侧柏的果实，"有时可见三四十只在一小棵侧柏的枝丛间振翅，摘取果实"。而奥杜邦也观察到，"雪松太平鸟（也被称作樱桃鸟和侧柏鸟）的食欲异常地大，驱使它们吞下眼前的每一颗果实或莓果。这种吃法让它们有时暴食过度，飞不起来，陷自己于被人徒手捉住的地步"。

康科德的侧柏不多，尤以本镇南部最少，因此我曾纳闷，二十年前我在某座山丘看到的那棵小树究竟来自何方。然而，在某个严冬里，我碰巧看到渔人在瓦尔登湖冰上挖好一个个的洞，然后，乌鸦就立刻前去打探放在里头的鱼饵。我发现它们在冰上掉了很多侧柏和小蘗的种子。当时，距离最近而正在结籽的侧柏位于东边一英里处，就在林肯郡弗林特湖边的一座小树林，而原本并未长在瓦尔登湖的小蘗，也在弗林特湖的树林里与侧柏大量混杂。我发现乌鸦先在树林里吃了侧柏和小蘗的果实，再到弗林特湖捡拾渔人留下的鱼饵，然后才到瓦尔登湖看看有

什么可以搜罗的。因此，我并不惊讶看见那座山丘自那天起长出许多小侧柏。

小檗

小檗的种子跟它的果实一样酸，这种种子被乌鸦广为播种——就像苹果籽一样，播在小片灌木丛里。一起参与播种的，还包括常在秋天到处取食小檗果实的知更鸟和其他鸟类，或许还有老鼠，因为我偶尔会在某个废弃鸟巢里看到小檗种子堆得半满。冬天，我曾惊动小檗和漆树上的鹂鸲，见到鹂鸲跃上这些树，我猜想它们应该也吃这两种果实。

杨梅

人类并没有觉得杨梅是种很受欢迎的果实，但据说黄腰白喉林莺（也叫作杨梅鸟）、知更鸟、隐士夜鸫及嘲鸫都会吃。威尔森曾谈到夏末时分巨蛋港的双色树燕，说他看到它们几乎覆满某些杨梅树，"在离开前的一段时间里，它们主要是食用杨梅的果实，变得极肥"。

我在本镇只见过一棵会结果实的杨梅树，但我发现那棵树的果实到了十月中旬就全都不见了——很可能是被鸟儿吃了，因为在杨梅树很多的地方，许多果实会在树上留到来年。

黑紫树

黑紫树（酸紫树）的果实小而极酸，果核很大，你绝不会想尝上第二次——但这种果实却格外吸引鸟类，尤其是知更鸟。"它们很爱黑紫树的浆果。"威尔森说，"因此，只要有一棵结满果实的这种树，邻近地区又有知更鸟的族群，那么猎人只需站在树的附近，装填子弹、瞄准、射击。知更鸟一群接着一群飞来，几乎持续整天。借着这个方法，猎人轻轻松松猎杀大量知更鸟"。

其他据说也吃黑紫树果实的鸟类，包括玫胸白翅岭雀（急切地吃）、扑动裂（大量地吃）、红头啄木、嘲鸫、雪松太平鸟以及蓝鸫。

花楸

劳登在《英国的乔木与灌木》谈道："在利伏尼亚、瑞典及堪察加半岛，花楸树（正是我们已引进的那种，不过我们自己另有一种美国花楸）的果实一熟就会被人当作水果吃掉。"我猜那里的气候必定能对那些果实产生某种改良作用，不然就是当地居民生活困苦——虽然我知道没有别的东西如此酸涩，但在某地总有某人去吃。在我吃来，这种果实极苦且极涩，我不懂鸟儿怎能下咽；不过，有人观察到，它们并不会去咀嚼果实。无论如何，我发现知更鸟、雪松太平鸟和紫红朱雀的口味和利伏尼亚人一样，而伊夫林说，鸫鸟很爱这种果实，因此只要附近森林有花楸树，你就必能拥有鸫鸟为伴。

九月二十日左右——虽然它们往往在果实成熟前就来了——前院的树木将会因鸟儿聚集显得生机勃勃，它们是追寻果实而来的；它们不只是要稍尝几口，而是非得要吃光一簇簇垂下的橘色果实才罢休。它们好像蜜蜂一般，集体出动，迅速完工，只不过是以非常欢乐的方式在工作，而它们才刚在别处结束类似的工作。我的邻居抱怨鸟儿先是吃掉他大部分的草莓，虽然它们也为他带来一些好处，可最终，当他的花楸树结满果实，成了前院美丽的装饰时，它们又在几天内夺走所有的果实。

因此，不是只有一些种子被散播到各处，而是上述树种的所有种子——

除非种子的数量极大——通常全部都会被这些鸟儿传播得又广又远。

尽管如此，不管是哪种花楸树（美国种不产于本镇），我都只在这里见过一株花楸是以这种方式被种下。然而，在土壤和气候适宜的地方，这必定是花楸树繁衍后代的方式。

檫树、朴树

檫树那种漂亮但味道差的果实，常被鸟类一扫而尽，让我很难找到一颗成熟的。就连朴树那些又干又难下咽的果实，据说也有鸽子和象牙喙啄木鸟来吃。

简言之，树木的种子及果肉是特别适合鸟类的食物，而不适合兽类、爬虫类或鱼类。鸟类可以最轻易地取用，而且也最适合将其传播至最远的地方。

如果你想研究鸟类习性，就去有鸟类食物的地方。比方说，如果是九月一日左右，就去找野生黑樱桃、接骨木、美洲商陆以及花楸树。除正在枯萎的鸟嘴莓，野生樱桃和接骨木的果实，就是此时本镇最盛产的野果。

在以上的名单中，我们还能增列当季的漆树、冬青、荚蒾、山楂、玫瑰果、唐棣、葡萄、野毛扁豆和白珠树的果实。上述这些乔木和灌木的种子，连松鼠和老鼠也很常吃。达尔文曾谈到（英国的）大山雀，他说自己"多次看到并听到这种鸟敲击红豆杉的种子"。我们的山雀——与大山雀亲缘相近——不会也吃本地的红豆杉吗？威尔森谈到知更鸟会吃的美洲商陆，他说"这种浆果的汁液呈现美丽的深红色，这些鸟儿吃

得太多，就连腹部也牢牢染上那种颜色"——这种意外偶尔也救了知更鸟的性命，因为老饕担心它们的肉可能有毒。

然而，更值得一提的是，就连臭菘和天南星植物的浆果也会被鸟类或兽类食用。

约莫八月中旬，大部分植物的小果实都已成熟或正要成熟，这时正好雏鸟也已长大到能飞来取食。

鸟儿之外的
传播方式

虽然越橘分布广泛，但我不曾见过任何一株从种子发芽长出的越橘苗。我在一座三十年的浓密松林里检视黑越橘，发现它们是利用叶子底下那些偶尔分叉的健壮走茎来扩展；虽然这里的每株越橘不超过十岁，但枝干和走茎无疑和这座树林一样老，是一度繁盛的越橘群的遗迹，它们曾生长在某处旷野的围墙边上。我有时会追踪越橘的走茎，直到它在七英尺的地方断掉，但它无疑还要更长。走茎上会有三四株新的植株相继冒出，但全都生长乏力——去年长了不到一英寸——而走茎却长了六到十二英寸。那些最大的新植株，底部弯曲，泄露了它们发自走茎的事实，因为走茎的末端一边往上长出植株，一边继续水平蔓生。

长在旷野的越橘似乎是在五六岁时达到壮年——而且通

常会继续活到十到十二岁。

矮丛蓝莓也是如此，只是规模较小，而且是长在较为开阔的地方。我看过它们一株接着一株蔓延生长了数英尺长；它们是从地下走茎直接往上方长，因此我们可以得知地下茎的位置。

你偶尔会在一根被锯断的白松树桩顶部，看到一株年轻的越橘强健地生长着，它立足于树皮和木材之间的裂隙，似乎是从被鸟儿掉在树桩又被风吹进裂隙的种子发出的；不过，或许这样的状况，最有可能的还是直接从底下的走茎长上来。山楸梅等植物也是如此。越橘这类植物（杜鹃花科）据说是最早的化石植物之一，而且最终可能成为地球上仅存的植物之一。越橘形成一座低调、潜沉却有生气的林下之林，等待着它的时机。

梭罗手绘越橘长长的走茎上，冒出新的植株

越橘

　　一片树林被砍伐两三年后，你通常会在那里发现丰盛的越橘和蓝莓，当然还有山楸梅和唐棣，等等。这些多是由动物所种下，如同我之后将谈到的小橡树那样，或者有一些可能是从那片树林被砍伐前就存活至今；大自然会将这些重要植物的种源，保存在较大树林底下的"育婴室"里，随时准备好面对各种意外，像是大火、风灾或人为造成的。

　　我看到这些植物的果子和其他莓果的种子，被留在树林和草地里鸟儿暂栖的岩石上。它们在那些莓果成熟的季节里，持续不断地传播它们。

　　或许这些莓果是鸟儿的最爱。威尔森说，雪松太平鸟年年为此造访阿勒格尼，而这些莓果在产季时，几乎供应玫红比蓝雀和猩红比蓝雀的所有伙食。除了这些鸟，我们还可以加上大冠蝇霸鹟、中美绿蚊霸鹟、草原榛鸡和斑鸠——而我们或许也可以列入知更鸟、褐矢嘲鸫、黄褐森鸫和鸽子——无疑还有许多其他鸟类也吃。乔治·埃默森说，矮丛蓝莓喂养无数群野鸽。

　　狐狸也大量食用越橘；我常看到越橘种子混在它们所吃下的动物皮毛和骨头中。去年九月，我两次在树林里检视狐狸粪便——两次的日期不同，地点相距甚远——碰巧都发现其中主要包含土拨鼠的皮毛、部分下颚和门牙，还有越橘的种子和一些整颗的越橘。就像我们一样，狐狸用餐也爱主菜搭配甜点，亦即土拨鼠搭配越橘。如此看来，大自然为了传播越橘，不仅利用大量的鸟类，还派出狐狸这种不停歇的漫游者。其他小型果实（或许是玫瑰果或美国冬青）的种子，我也常看到残留在狐狸的排遗之中。

　　同样，高丛蓝莓、山楸梅等，也会在沼泽被清理后冒出，只是当枫树等树木出现后，会遮蔽阳光，使它们无法继续存活。

　　去年十月，我经过一处肥沃的低地，看到大量深红色的芦笋种子，散布在芦笋枯茎枝形成的一片朦胧灰褐之中。这片芦笋至少有一英亩，而且必定有着好几蒲式耳的种子。由这片景象可以想见，鸟类将芦笋散布得有多广。

　　于是我检视十二竿以北、过了一条马路之后，那片未经开垦而灌木丛生的山坡，看到很多两三英尺高的芦笋植株长在那边的草丛和灌木丛里，并且也结了种子——这些植株必定是在先前由鸟儿从上述芦笋地引进。我还发现一些极小而纤细的坚韧植株——就那样被播下，原来的种子还附着在上面，萌发在镇上最偏僻、最天然的沼泽——那里距离最近的房子有一英里远。后面这种情况下，芦笋植株从未长大到一定程度，而大多数人不知道它们是什么。

　　多年来，我在瓦尔登湖周围好几处树林里，都曾见过西红柿的幼株，有时就长在中空的树桩里，距离最近的房舍或果园至少有四分之三英里远。原先的种子或许是由每年来野餐的人们所留下，要不然就是由鸟类年年落下，因为西红柿在那里并没有结果。然而，我从没见过鸟儿在我们的果园啄食西红柿，也不曾见过未由人类播种、而是自己从种子发芽的马铃薯植株，显然它们是同一家族的植物，而且都栽种得很广。金翅雀以许多不同的种子为食，因而获得不同名称封号。我主要将它视为"蓟鸟"，但我发现某位储存种子的邻人，称之为"莴苣鸟"，另一位则将它以取食他家葵花子的鸟来看待，或许还有一位视其为"大麻鸟"。

不劳人工栽种的 果树

　　试想苹果树是如何靠着牛和其他兽类传遍全国，在许多地方形成几乎无法穿过的树丛，还为果园带来许多全新而优越的品种的。

　　乌鸦也到处取食解冻的苹果——它们的嗉囊里常被发现装满苹果果肉，

我甚至曾见过乌鸦在本州岛境内衔运整颗苹果。某年冬天，我在河边一棵橡树下的雪地里看到一些解冻苹果的碎块，再看过去就发现两三行某只乌鸦留下的足迹，还有数只必曾栖身这棵橡树上的乌鸦所留下的鸟粪，不过那里没有松鼠或其他动物的足迹。树下的雪地上到处都是圆洞，我将手伸下去，从每个洞里都能取出一颗苹果。最近的苹果树位于三十竿外、河的另一端。那些乌鸦显然是为了安全起见而把解冻苹果带往这棵橡树，如果它们没有把苹果掉在雪地上的话，就能在橡树上享受苹果大餐。

雪松太平鸟、嘲鸫和红头啄木鸟也吃苹果和梨子，尤其是那些早熟而味甜的。威尔森谈到红头啄木鸟时说道："一受惊吓，它就张喙刺进一颗上好的（苹果或梨子），然后带着飞往林子。"奥杜邦还曾见过雪松太平鸟"虽然受了伤，且被关在笼里，却吃苹果吃到噎死"。

苹果树的传播，我曾在别处描述过。

就连梨树也有相当程度是自行传播进入我们的原野和森林的，尽管人工栽种的很少。除非我们种下种子，不然梨树很少能长在我们自家园子里，而且我们也无法得知是何时种的；因此，发现梨子竟能自行传播，让我们感到相当惊讶。三十年前，本镇没有几棵人工栽种的梨树，那时我很少见到梨子，更别说是梨树的种子了。然而，大自然决心要传播这种树，早就弄来一些梨树和种子；因为我知道那时有十几棵高大的老梨树在野外生长着，镇上的野生梨树可能跟栽培的梨树一样多呢。

第四章

远播四方的种子

椴木悬垂于河面上，八月，它的果实被大量冲下河流，并被溢流送往更内陆的地方，甚至还被风吹过冰雪，到远方去。我还曾在明尼苏达的草原上，在囊鼠的颊囊里发现椴木的种子。

发射吧
种子

某年九月，我采集了一些形状特殊的金缕梅蒴果，这些
蒴果长成一簇簇的，很漂亮，好像被鹿皮装紧紧裹住一样，
周边还包围着变黄的叶子，我将它们放在我的房间里。这种
蒴果的结构可分成两部分，成熟时会裂开，露出两枚闪亮、
椭圆形的黑色种子。三天后，我在半夜听见噼啪声，还有某
种小东西不时落地的声音。到了早上，我才发现那声音来自
桌上的金缕梅蒴果迸开，将坚硬的种子抛向房间。它们就这
样连着数天，将黑亮的种子射遍房间。那些种子并非在蒴果
裂开时就会飞出，因为我看到许多裂开的蒴果里还有种子；
那些种子的基部似乎仍牢牢地嵌在果实里，即便果实的前端
已经张开了。但当我用刀子松动一颗基部还嵌着的种子，它
便立刻飞出去，就像我说的那样。那光滑的基部似乎受到坚
硬的外壳压迫，最终把种子挤了出去，你只要用拇指和食指
去捏果实，就能让一颗种子飞出。就这样，这种种子借由弹
射十到十五英尺的方式来传播。

众所周知，凤仙花的果实只要轻轻一碰，就会像手枪一
样射出种子，既突然又有力，即便你已有准备，也总会吓你
一跳。那些果实如射击般射出种子，甚至在我带它们回家时，
在我帽子里爆开。康多尔说，来自美国的那种凤仙花，从花
园逸出野外，已彻底归化在英国了。

乘着河水
漂流

香杨梅树长在河边和草地，它的种子是由水流传送的。仲冬时节，我看到大量种子冻结在河边草地的冰里，一排排堆列着，保持着原先被溢出的流水冲来的样子，所以香杨梅树大多会大略沿着潮位线扎根生长。在春天里，我看到香杨梅树所悬垂的河面覆满其种子，就像一层浮渣。

我经常看到起绒草（在国外被称作"缩绒工的蓟草"）的头状花序漂在河里，或被冲上岸——它们全都来自上游的工厂；使用起绒草的工厂，借由河水来转动机器，正好也帮助起绒草传播了种子。值得一提的是，据说首位在镇上大量种植起绒草的人，他取得种子的方式是——当时栽种起绒草是垄断事业，因此买不到种子——把马车借给某位种植起绒草的农人，回来后再清扫马车。

各怀绝技的
传播术

秋末时节，你也许会看到一丛丛北美靛蓝——此时已经变黑——断掉后上下颠倒地倒在林间小径或草地上，仿佛有位辛勤的农人或草药商已将其一把把地采收，丢放在那里。其实真正的原因是，北美靛蓝一丛丛长在阶地上，许多茎紧密地长在一起，而其枝叶又交缠得难以分开，因此强风一来，便将

它们从地面全部折断。然后，因其形态之故，这一束束北美
靛蓝在被风吹袭后，通常都是上下颠倒着地。我看到这样的
北美靛蓝常三到十五株成一束，直径约四英寸粗，看起来真
的很像有人摘采后将它们聚集放在一起。

在这个季节里，你也能看到飞遁草滚过牧草地，或者偶尔
翻过墙壁或岩石。

显然，这些植物的种子可以透过这样的方式广为传播。

显而易见的是，遍布本地旱地而结籽众多的针草和半日
花可由多种不同的方式传播。我见过一株较大的针草从北美
油松残干顶部冒出，仍维持着它的形态，距离地面一英尺，
而其根部深入腐木一两英寸。这可能是在积雪堆积到约与残
干等高或更深之际，种子恰好被风吹过雪地到达那里。因此，
对于禾草或野草，大自然早就把雪白床单铺在它们底下，好
盛接种子，让麻雀可以更容易发现它们。

第五章

草生植物·绒毛远扬记

关于种子带着绒毛的草本植物,依据老杰勒德所述,这些种子是"随风吹送"。

菊科的
绒毛小球

　　五月九日左右,我们正在某处遮蔽较多且潮湿的河岸草地,寻找蒲公英早开的花朵,但还没发现那鲜艳的黄花,就看到到处都有蒲公英开始结籽了——有小男孩正在吹散那聚集着许多种子的小圆球,玩着预测妈妈要不要他们的小游戏。（如果他们一口气吹掉所有种子，那么妈妈就不要他们，不过他们很少能办到。）有趣的是，蒲公英是秋天常见的绒毛种子植物里最早出现的，那是我们的大自然母亲发出的最早暗示，要我们开始执行自己的任务，并有所作为。我们能肯定我们那位天才母亲永远都会要我们，直到我们能够一口气吹散苍穹。大自然行事要比人类诚实、迅速得多。

到了六月四日，蒲公英在茂密的草地上全都结成了种子。你可以看见那里点缀着上千颗绒毛球，而孩子们现在则以其鲜脆的茎来编成环链。（此处半页原稿遗失）其至高的计划就是撒播蒲公英。圣皮耶说得真切："需要一场暴风雨才能将松柏的种子搬上一段距离；但只要一点微风就足以为蒲公英再次播种。"

五月二十日左右，我看到第一株山柳菊结籽，正等着被风吹过草地，跟

雏草一起染白草地，然后漂浮在水面上。它们如今已将自己高高抬离地面，比我们找到它们最初花朵的地方要高得多。如同杰勒德对英国的蒲公英所做描述，"这些植物长在阳光充足的沙岸和未耕地"。

我把山柳菊和蒲公英，还有某些早开花的柳树和杨树，列为每年最早结出毛绒种子的植物——榆树不包含在内，同时它们的种子也是最早熟的。至于湿生鼠曲草这种亲缘相近的植物，则在这年晚得多时，才在路边低处结出种子进行传播。

康多尔说，珠光香青（和山柳菊为同家族）被称作美洲长生花，早先种在英国的墓园，如今已从英国的花园和墓园逃出，而彻底归化了。

里弗州克菊（矮蒲公英）——本地最早开花的菊科植物之一——它的绒毛和种子约于六月十三日开始飞扬。我通常会先观察种子，然后才观察花，因为这种花只开在上午，这个时间对大多数人来说，不太适合外出。

毛飞蓬为该属成员中，最早在本地结籽、开花的。

与毛飞蓬同属、但较晚开花的美洲原生种——加拿大蓬，已成了欧洲常见的野草，且据康多尔所述，最远可见于俄罗斯的喀山。林肯夫人说："林奈宣称，加拿大蓬的种子飘过大西洋，因而从美洲传入欧洲。"不过，它们当然不用等哥伦布来指路。另一种飞蓬，据葛雷所述，为当地土生土长。

圣皮耶观察到，"那些轻浮易飘的种子大多成熟于秋初；之后……在九月末或十月初，我们就会遇上最猛烈的强风，亦即所谓的秋分风。"

飞越沧海的
蓟草

八月二日左右，我开始在空中看到蓟草种子的绒毛，这种情形会持续到冬天。八月和九月，是我们观察到它们的主要月份。

我们所称的加拿大蓟，是最早成熟的蓟草。至于因以蓟草种子为食而被称为"蓟鸟"的北美金翅雀，则比我还要早知道加拿大蓟成熟了。一旦头状花序开始干枯，我就会看到金翅雀将它扯碎，带着绒毛的种子因此散飞。每年，金翅雀总会在全国各地放飞这些种子，而我偶尔也会这么做。

罗马人也有他们的蓟鸟，普林尼说那是他们所有鸟类里最小的——由此证明，食用蓟籽并非这类鸟类的现代或一时的习性。蓟籽成熟后，往往继续附着在花托上，直到受潮而腐烂，或是直接掉落在地上，除非有像金翅雀这样的助产士前来加以释放，才能让它们向空中升飞，去追寻自己的命运，而金翅雀则会吞食一些种子作为代价。

所有孩子都被相似的本能驱使，从结果观之，或许他们的目的也是相似的。他们实在很难忍住不去碰蓟草成熟的毛球。穆迪谈到英国的金翅雀的食物，他说，尤其是那些菊科植物的绒毛种子，"以其丰富过盛的产量，撒满整个夏天的空气"，而且"一整年里连续不断，因为当风尚未摇光秋天蓟花的绒毛，早发的欧洲黄菀已经开花；然后，蒲公英和其他许多种类又接着跟进"。

蓟草的绒毛为灰白色，而且要比马利筋的粗糙得多，开始飞扬的时间也较早。第一眼看到蓟草绒毛飘过空中的景象，令我感到有趣而兴奋，因为那是季节流转的记号，我每年都会记下第一次看到的日期。

很特别的是，你经常会看到蓟草的绒毛种子在水面上低飞而过，越过瓦尔登湖和费尔黑文湖这类的湖泊。比方说，去年有一天午后五点，刚下过雨，我身处瓦尔登湖中央，看到许多没有种子的蓟草绒毛（只有一些带有种子）从水面上方约一英尺处飘过，然而当时几乎没有风。那些绒毛仿佛是被吸引到湖上的，而湖面又有一股气流阻其落下或升起，同时加以吹送引导。它们可能是从附近洼地和山坡的生育地被吹来水面，因为气流而被引向水面上方的空间，仿佛那是它们的游乐场一般。

这位聪明的热气球驾驶者，正要飞越它的大西洋——或许是想把一枚蓟草种子种到彼岸；如果它能降落在荒野，就像回到家一样。

活在公元前三百五十年的泰奥弗拉斯托斯，谈到各种气象预兆，其一即为"大量蓟花绒毛飘在海面上，就宣告将有强风"；而菲利浦斯在其《栽培作物史》里说道："牧羊人看到蓟花绒毛飘荡，却不见气流，'森林动摇，却不见微风'，就把羊群赶去避难，并呼喊着，上天啊，请保护彼方船只不受迫近的暴风雨所害！"

去年八月，我在莫纳德诺克山看到一撮不带种子的蓟花绒毛飘过山顶上空——虽然我仔细找了将近一周，却没能在树林以上的区域发现任何一株蓟草。那撮绒毛可能来自那座山的底部，或是相邻的谷地，由此可见，某些山地植物，像是高山的一枝黄花，因此能传遍新英格兰的一座座峰顶。

我不晓得蓟草的种子能被传送多远，事实上，本地常见的蓟草里就有两种（加拿大蓟和欧洲蓟）是从欧洲传来的，它们或许是偷偷横渡了大西洋而来，现已传遍美国北方各州和加拿大。加拿大蓟这个名称，好像是地道美洲植物一样——但如你所知，它已成为我们新田野里危害最大、最常见的外来种野草。你能一连骑马数日，沿路看到都是那些蓟草。因此，弗吉尔的文字能非常真切地形容本地：当人们不再食用橡实，犁头也被引进，农人的辛劳就开始了，枯萎病袭击谷物，而有害的蓟草则让所有田野变得尖刺粗硬。

无论蓟草如何繁多，蓟草的传播和繁殖并无神秘之处，因为大家都曾见过蓟草的绒毛飘过空中的奇景；而在所有植物之中，蓟草也是最多产且最容易散布的植物之一。

某位作者曾以某种被他称作 Acanthium vulgare 的蓟草为例，算出一颗种子的子代若能全部长成，那么到了第五年就可产出七万九千六百二十亿株以上的蓟草。他说："这么多的后代，不仅足以覆满整个地球表面，还包括太阳系的所有行星。其他植物全都不可能生长，而每株蓟草也只能分到一平方英尺的空间。"据说，蓟草还能靠着根部来蔓延拓展。而加拿大蓟也是类似这样多产的植物。

蓟草绒毛的弹力惊人。有一天，我检视一株压平置于我的植物标本集一年的欧洲蓟，我一把纸张拿开，欧洲蓟的头状花序就弹起超过一英寸，而那些附有绒毛的种子也立刻飞走。除了一直压住，没有别的办法可以将其留在标本集里。

我在九月或十月走过山顶时，常把枯干的草原蓟的花序扯开、散飞，借以自娱。在我心中，它们所载运的重量，与某些更大型的物体一样有分量。虽然最近有彗星出现在本地西北方的地平线，但蓟花的绒毛种子却得到我更多的关注。或许，有一撮特别展开的绒毛，从你手里平稳上升，载着自己的种子，直到数百英尺高，然后朝向东方，消失不见。这难道没有带给热气球驾驶者一点启示吗？彗星的外形有如蓟草种子，天文学家能计算出彗星带着彗核向某处运行的轨道（彗核或许还不如蓟籽扎实呢），但哪位天文学家能计算出你那蓟草绒毛种子的轨道，并预测出它最终会在何处放下宝贵的货物？它在你睡觉时，可能仍在行进呢。

我在十月末看到的蓟草，大多紧闭着花序，这样至少可以保护种子的绒毛不被秋雨打湿。然而，当我扯下绒毛，种子多半会留在花托上，排列整齐得像是插在针插上的针；花托也像一个圆形、表面弧状微凸的弹匣箱，种子有如子弹，一个个塞在弹匣箱里的小圆洞，一圈圈紧密排列成四边形、五边形或六边形。这些下垂而空了大半的蓟草花序，我不知道有哪种东西在乍看之下会比它们更难看。然而，如果你仔细检视，就会发现，那干透、长满刺、围着种子的总苞片，其外观虽丑，但里面很整齐漂亮；总苞片以平滑温柔的一面包着由它负责保护的种子，以粗暴多刺的一面向着可能伤害它的敌人。这层围篱由覆瓦状、浅褐色、薄窄的苞片构成，就像丝绸一样极为光滑——最适合用来保护种子那精巧的绒毛降落伞——有如一个装着王子的丝绸衬里摇篮。种子就在这少有人知晓的光滑天花板下保持干燥，而我们看到的，只有其老旧而经风雨侵蚀的外侧，就像发霉的屋顶。于是，虽然它看起来不过是个褐色、破旧的夏日遗物，似乎即将化为路边的尘土，但其实是个宝盒。

晚秋时节，我经常遇见失去种子、已经无用的蓟草绒毛滚遍田野，上头的种子，或许早被某只饥饿的金翅雀咬掉了。少了种子在底部的拖累与稳固，这些绒毛被风一吹就走，并能翻越所有障碍；它们确实跑得很快、很远，但在它们最终停留之处，却无法长出任何一株蓟草。

有些人忙乱进行一些不切实际的计划，只是在"经历着"没什么好经历的事，他们让我想到这些无籽的绒毛。那种商人和掮客靠着赊欠借贷来做生意、押注热门股票，他们一再失败后，却又受到帮助，徒劳无功地再度出发。这在我看来全是穷忙，没有可以留存的东西，对于伟大的蓟草族群亦毫无用处，就连一个蠢人也吸引不来。在你要扶持或解救某位失意商人（带他走出法庭），帮他再度乘风飞翔之前，记得花点时间看看他是否带着任何成功的种子。带着成功种子的人，你从远处就能认出来，他飘得较慢、较稳，承载着重量——才能期待他的事业会有所成就。

野火烧不尽的 野火草

到了八旬中旬，野火草（粱子菜和柳兰）的绒毛开始飞扬。然而，它们被称作野火草并不十分适切，因为它们也会从新垦地冒出，无论该地被开垦清空的方式为何——在这附近，砍伐和放火烧地一样常见——但我不否认灰烬对它们来说是一种很好的肥料（对其他许多植物也是）。在这里，它们会出现于萌芽林地上甫经清理、沙砾多而裸露的地方。空气中总有足够的种子，准备好要降落在这样的地方生长。它们的种子或许是在树林被砍之前的那个秋天被吹进树林，并因风停而落脚；或者，据我所知，是早已蛰伏在土壤里，保存生命力多年。甚至，也许这些种子具有逃避或忍受火烧的能耐，也或者是大火造成的气流，将它们推升而远离危险。我曾在缅因州荒野见过生长有最多柳兰的地点，就在某些经过焚烧和砍伐的地方，那些柳兰往往茂密生长达一英亩的范围，它们的粉红色花朵很容易辨认，即便你远在一英里外的湖上。

粱子菜是一种会自然而然产生出来的植物，要在整地过后（经由焚烧）才会现身，并开始茂密生长；然而，据我观察，

野火草遍布本地林地，只不过在密林内较为稀少且矮小。梁子菜就像蓟草那样，种子繁多且容易飘散。数百万颗种子吹过我们经常行走的道路，而我们连一颗也没看见。《论坛报》有位记者于一八六一年在纽约州希南戈郡写道，梁子菜于大约六十年前，在当地任何经过焚烧的地方都大为肆虐。他说："其花朵的绒毛非常细微，（在伐木季）工作的人，身处那些绒毛之间，不但难以呼吸，也看不清楚。而在来年，谷物有时会布满这种绒毛，使得我们必须戴上面纱来打谷并清掉绒毛。"

那么，何以认为梁子菜是自然产生的呢？我想问问那些仍坚持该理论的人，梁子菜若是自然产生，为何它们不在欧洲产生，就像在美洲这样？当然，加拿大蓟也被认为一样是自然产生的，然而，为何要到种子从欧洲传来之后，加拿大蓟才在美国出现呢？我毫不怀疑，梁子菜能以种子在欧洲类似地方种植成功，即便目前还没有；而我也相信，梁子菜在欧洲也能像在美洲一样，神秘地自然冒出。然而，如果种子对于梁子菜的产出是非必要的，既然它们能够在欧洲自然产生，那么为何在种子传入欧洲之前，没有看到它们出现呢？

此外，在森林被砍伐的来年，随着野火草冒出的众多杂草大部分为多年生，而且必定在树木被砍之前已经活了一年。如果你像我一样也曾仔细观察过它们，那么你会发现它们具有过冬用的"根生叶"构造。这些植物包括各种一枝黄花、紫菀、柳叶菜和蓟草等等。然而，除非树林被砍伐，否则这些植物很少能活到两年，或者长到成熟的阶段。

马利筋的
生命宝盒

　　马利筋种类极多，且全产自美洲，本镇常见的有四种——叙利亚马利筋、高马利筋、抱茎马利筋和湿地马利筋。马利筋的绒毛远比蓟草的来得细而白，其中叙利亚马利筋更因绒毛有如丝线而被称作"维吉尼亚丝"。卡姆曾说，加拿大人称马利筋为"棉纺厂"，"穷人收集（其绒毛），然后塞进床褥——尤其是自家孩子的——借以替代羽绒"。康多尔说，马利筋也已被栽培，其绒毛可当作羊毛或棉花来用，而且已被引进欧洲南部。

　　马利筋的绒毛最早约于九月十六日开始飘扬，而叙利亚马利筋的果实会在大约十月二十日到二十五日之间开始散布种子。（我也曾在春季看过某种马利筋的绒毛出现在天空）其果实又大又厚，外覆软刺，一个个以不同角度站在茎上，就像一把武器。抱茎马利筋的果实细长、极为挺直而有五英寸长。湿地马利筋的果实小、细长、笔直而尖、极为挺直，而那大大的种子的四周有一圈薄翅，我约于十月四日开始看见其绒毛。

　　让我们暂且只谈叙利亚马利筋。如果你里里外外地细看它的果实，你会发现它好像一个宝盒，或是一艘独木舟。果实变干后便会翘起、爆裂，沿着果实表面凸起的接缝处裂开，露出里面的棕色种子及种子的银色绒毛降落伞，那绒毛就像极细的洁净丝线，它们以覆瓦状紧紧排列在一起，并朝着上方。有些孩子将这样的绒毛称之为种子的鬃毛或小银鱼，当平放它们时，确实有点像一只头部棕色的圆胖银鱼。

这样一个椭圆形小盒，外覆软毛刺，内有光滑衬里，里头紧紧塞满大约两百个（我有一次数出一百三十四个，另一次数出两百七十个）梨子形状的种子（或形似杆秤松），每颗种子都以一束极细的丝线连到果实的核心，借以取得养分。（这丝线会因为果实中间隆起的分隔，而又有一两个分叉。）

最终，当种子成熟，不再需要来自母株的养分，就会被断了奶，这时变得干燥、表面覆着霜状物的果实，就会爆开，那些漂亮的小鱼会松动，扬起它们棕色的鳞片，微微翘起；丝线末端与核心分离，从原先的营养导管，化为飘浮的气球，看似某种蛛网，载着种子前往全新而遥远的田野。这些远比最好的丝还细的丝线，即将负责带着成熟饱满的种子飘起。

下雨过后，果实通常就会爆开——它从下侧裂开，好避开可能接着而来的阵雨。果实上部种子的外缘绒毛，逐渐被吹松，此时仍借着中间绒毛的末端连着核心。或许在某些张得更开且更干的果实顶部，已有一群松开的种子和绒毛，它们的绒毛只以尖端粘附在核心上，有如许多经线会合于一点，一俟风起就要飘走，像一艘小船系着长索，停置于河中，随时准备扬帆。它们可能会这样被风吹上一段时间，直到一阵强风才将其送出，而在那之前，它们正努力伸展并弄干丝线，好变得容易飘浮。这团白丝从远处看来，大如拳头。我有位邻居说，这种植物正到了最后折扣出清的时候。

有些种子被我用手弄了下来，随即就落在地上，不过，或许一阵强风吹来，就能将它们送至远方。

如果你再等一会儿，就会发现有些果实已经完全打开，并且全空了，只剩下棕色的核心，这时，你可以看到这个盒子拥有多么细致、光滑的白色或草黄色的衬里。

如果你在九月末坐在阁楼窗前，就会看到许多马利筋绒毛飘在你身处的高度，只不过通常都已卸下了货物，而你或许从不晓得，自家附近长着这种植物。

一八六〇年八月二十六日，我发现马利筋长在田野的洼地里，那些种子似乎是因为风吹止息，而落脚在这样的地方。

因此，虽然显眼暴露的平原和山丘送出强风想拖引种子到来，却是最沉默的地方夺得奖项。无风吹动的安静洼地，毫不费力就接收并且隐藏了种子。

某天下午，我散步走过康南敦，接着越过李家桥进入林肯郡，而后经由苦难山返回，途中我在铁线莲溪那一小片开阔草地上看到马利筋的果实已经上翘、爆开。当我释放一些种子，那些细丝随即飞散、张开，然后，放射成半球形，丝线不再聚合在一起，一根根分开，并反射出多彩光芒。这些种子在周边具有既宽且薄的边缘或翅，助其保持稳定、避免打转。我放出一枚种子，它起初上升得很慢、很不确定，被看不见的气流一下吹过来，一下吹过去，令我担心它会失事撞进邻近树林。然而，这并未发生。一接近树林，它就坚定升起，随即感受到强大的北风，迅速往反方向飞去，越过法拉家的树林，越升越高，随着每次气流波动而起起伏伏，一直往南，直到在五十竿外离地一百英尺的空中——我就再也看不到了。

我兴味盎然地望着那枚种子，就像劳里亚特先生的朋友们看着他消失在天际一样。然而，种子返回地面的过程没有那么危险，或许在向晚时分，空气潮湿而静止，那种子发现应许之地，趁着风息，轻轻降落在树林之间，进入某座陌生的谷地——那里可能是在某条类似这样的小溪旁——而其旅程就此告终。然而，它的坠落将开启新的成长。

就这样，一代又一代的种子越过湖泊、树林和山地。试想，各式各样的种子热气球，都在这个季节借由同样的方法升空啊！无数种子热气球如此远扬，飞越山丘、草地和河流，循着不同路线，直到风息而止，以求将其族类播种在新的地点——谁能断言它们飞了多远？我猜想那些在新英格兰成熟的

种子能将自己种在宾夕法尼亚州。无论如何，我都很好奇这
每场秋季冒险的结果和成就。为了达成目的，这些丝绸飘带
在整个夏天将准备完善自己，紧紧塞进轻巧的果实盒里，这
就是为达此目的的完美调适——它们不仅预示今年秋天的成
就，也预言了未来的每个春天。只要有一株马利筋怀着信念
结出成熟种子，谁还能相信先知但以理或是牧师米勒谈到的
世界将终结于今夏的预言？

　　我带回两枚爆开的果实，天天释放一些种子，观看它们
缓缓升空，直到消失，以此自娱。无疑的是，那些种子上升

的快慢可以作为天然气压计，来测试大气的状态。

接近十一月底，我偶尔还会在路边看到一些还没掉光丝绒的马利筋果实，即便那时可能已下过雪。由此看来，在这好几个月里，强风持续在传播它们的种子。

类似马利筋果实的，是夹竹桃那极长而细的弯曲果实。外面呈暗红色或赤褐色，里面却是带着光泽的淡棕色。夹竹桃果实也以类似的方式释出带毛种子。我曾在接近四月底时，还看到一个仍然闭合着的。

染白
秋日原野

九月中旬过后，严霜已为繁花画下句点，此时我们只能见到种子。到了九月十八日，两三种山柳菊已经开始结籽。它们那小小的淡黄绒球，是树林里秋天的代表。不久之后，秋师牙草也在所有草地上布满微小的毛球，有如五月的景象的重现。

到了九月底，铁线莲也开始变得毛茸茸。一个月后，叶子大多已经落尽的铁线莲，挂在一棵矮树上，我还以为那是一棵开满白花的树。某位作者在《博物学家期刊》谈到一种英国的铁线莲："我经常在堤岸的老鼠洞口，观察到这种种子那长而带毛的部分，或许在艰苦季节里，这种种子会供作这些动物的部分粮食。"

就在这同样的时节，变得更加明亮、带有银色光泽的裂稃草，吸引了我们的目光。

十月二十日左右，几乎所有的一枝黄花都出现了绒毛。十一月初，许多一枝黄花和紫菀这一个月来变得灰白，它们身上充满了繁多的绒毛种子。圆蓬至极、干净轻巧的绒毛种子，正要趁大雨打来之前，随风飘落或被吹向远方。这一大群有如蓟籽的微粒竟染灰了田野！那些种子如此细微，即便我们摇动植株，释出了一千枚，也很难在空气里看见。你必须持续留意，还要很专注地注视，才能在落地之前看到它们，不然，风一吹，它们就飞走了。这些种子之所以很难看见，不只是因为它们体积小，还因为它们的颜色衬着天空时很不明显。它们就像灰尘一样覆盖着我们的衣服，无怪乎它们能够传遍田野、深入森林。

这些植物和其他菊科植物（像是斑鸠菊等）的种子，大部分在整个冬天都会留在植株上，等到春天来临，才散播出去。

第六章

种子搭便车

有一大类植物（林奈称之为粘着植物）的种子或果实附有微小的带刺长矛、钩子或其他机关，借以粘上任何碰到它们的动物，以便被运送到其他地方。这类植物在本地最常见的，就是各种鬼针草和山蚂蟥，还有牛蒡、龙牙草、露珠草和猪殃殃等等。

作物枯萎，
牛蒡和矢车菊丛生；
有害的黑穗病和不孕的橡树
主宰了耕地。

鬼针草
暗箭齐发

鬼针草——本地共计有五种——种子的形状略似扁平的褐色箭袋，从里面伸出二到六枝带有倒钩的箭。它们最早的是在十月二日左右成熟，如果你在十月里得走过或经过某个半干涸的水塘，这些种子往往就会粘上你的衣服，而且数量惊人。这就好比你无意间走过一片数不尽又看不见的小人国军队，他们一怒之下将所有的箭矢和标枪都射向你，只是无一射中腿部以上。这些双箭、三箭和四箭种子全都射向你，直到你的衣服全被插满，由于它们很难用手拂去，因此就连那些最爱整洁的人，也只得带着它们前进。有时到了一月中旬，这些种子还有很多。

特别的是，本地有种水生鬼针草，分布于河流，只在水里生长，往往连绵整个河面，所以鲜少不会被经过它们附近的动物碰到。然而，也许是某只麝田鼠、貂、涉禽、麋鹿或牛，或者甚至是某位不怕弄湿衣服的老派梭鱼钓手涉水而过（大自然预期他来，就像预期麋鹿到来那样），它们皆为传送这种鬼针草的媒介。值得注意的是，这种鬼针草的箭袋，拥有最多支箭。

第一部 种子的传播

山蚂蟥的
长锯子

　　我在本镇找到八种山蚂蟥，它们的种子被包在节状的果荚里，看起来好像短链条，各节的形状呈菱形、圆形或三角形，上头覆满细微的钩状绒毛。山蚂蟥最早的是在八月三十日左右成熟。

　　池畔的鬼针草和长在峭壁的山蚂蟥，知道必有野兽或人类前来，以其皮毛或外套为它们运送种子！每当我在九月里爬上峭壁去找寻葡萄，几乎没有一次不把衣服弄得都是山蚂蟥的种子（尤其是圆叶山蚂蟥和圆锥山蚂蟥）。就算你拼命地逃，它们还是赶得及抓住你、粘上你——而且往往是粘上整排果荚，有如一把有着四五个锯齿的窄锯子。它们甚至会粘上你的手。它们凭着有如婴儿寻找妈妈乳房般的直觉粘上你，渴求一片处女地，急于发现新的土地，到外地去寻求它们的未来。它们偷偷搭上你这艘船，知道你不会回到原来的港口。我们不愿被绊住或耽搁行程，于是被迫带着这些种子和我们一起走。这些几乎看不见的网已撒向我们，一群群的山蚂蟥和鬼针草种子，就这么巧妙地利用我们偷搭便车来运送种子。

　　你得花上好些时间才能把它们去除干净，它们粘上你却只需要一下子。我常发现自己好像覆盖着一件由山蚂蟥种子叠覆成的褐色大衣，或是一座多刺的拒马，必须在某个方便的地方（或许对它们来说更为方便），花上至少一刻钟摘掉它们，从而它们可以得偿所愿——被运到另一个地点。

　　因此，即使是最肮脏、最懒散的闲汉或乞丐，也能对大自然的运作有点贡献，只要他一直不断移动的话。

　　某天下午，我和一位同伴在河流下游靠岸，漫步走过岸边那一大片山蚂蟥（马利兰山蚂蟥，果荚各节为圆形），发现裤子沾了满满的山蚂蟥种子，数量多到令人感到惊奇又有趣。这些绿色的鳞状种子紧密覆盖着，把我们的腿都变绿了，让我想到水沟里的浮萍，又像某种锁子铠甲。这成了我们散步时的一大趣事，我们也很自豪能穿上这身勋章，时而有些嫉妒地相互打量，好像谁的衣服上粘得多，谁就比较杰出似的。我的同伴对此事流露出某种信念，因为他指责我说，他认为不该故意走近山蚂蟥以求粘上更多种子，也不该拔掉身上的种子，应让种子在无意间磨搓而落。结果一两天后，他为了和我散步再次出现在我面前，他的衣服几乎仍像起初那样粘了满满的种子。我发现大自然的计划，被他的迷信大幅往前推进。

　　我们常说某人的衣服老旧且褴褛，这可能是指衣服穿久了，破烂得就像有些结了种子的、破败的植物，也或者意指衣服粘着许多种子而变得凌乱不堪。

牛蒡和苍耳的芒刺

　　牛蒡果实的状况也是一样。孩童经常将其拿来盖房子和谷仓，而不需用上任何灰泥，而人类和动物只要有毛茸茸的外衣或皮毛，都可以被用来运送它们。我曾帮过一只猫，去除满身它自己弄不掉的牛蒡种子，而我也常看到牛只甩动着的尾巴末端，粘了一堆，它或许会为了挥掉那些想象中的苍蝇而刺到自己。

　　某年一月，我散完步走过厚厚积雪回来，发现一些干掉的种子粘在我的大衣衬里，但我不晓得那个季节里何处找得到牛蒡。由此看来，甚至在大雪期间，大自然也没忘了它的植物生计。借由这些方式，牛蒡从欧洲传入美洲。

　　那些在工厂里拣羊毛的人或许能告诉我们，他们在羊毛里发现了什么。无疑，会有许多新品种的野草，它们经由作为肥料的羊毛废料——至少暂时地——引进我们的土地。鸟类学家威尔森谈道，苍耳在他那年代长满俄亥俄河和密西西比河的岸边，"那些在苍耳最盛处吃草的羊只，身上嵌满整片芒刺果实，使得这些羊毛几乎不值得清理"。而据康多尔所述，"从东边冲来的羊毛曾导致蒙特皮利尔附近某处出现一大堆来自柏柏里、叙利亚和比萨拉比亚的植物品种，不过，那些植物大多未能在这里成功生存下来"。

勾勾缠的琉璃草

　　几年前，我知道镇上仅有一处长有琉璃草。我用手帕包了一把这种植物的小果实放在口袋，回家后，花了很长时间才将它们从手帕上一一扯下，还在这过程中拉断许多棉线。接着，我又花了二十分钟来清理自己，因为我也碰到那些植物。不过，我并不介意这种事；所以，到了来年春天，我好意将一些前一年八月采到的种子，送给某位照顾花园的年轻女士和我的姊妹，希望能够传播这种稀少的植物。她们对这种植物的期望被激起，而且维持了很长一段时间，因为琉璃草要到第二年才会开花。开花时，花朵及其特殊香气很受喜爱；但忽然之间，抗议声大声地传到我耳里，因为琉璃草的种子粘到了那些花园常客的衣服上。我得知那位年轻女士的母亲，在某次出门旅行前，到花园摘取了一朵香花，后来，她发现自己在毫无知觉的情况下，衣服上夹带了数量惊人的种子去波士顿，而铁路公司也未对这些货物收取费用——那些邀你前去欣赏、摘采的花儿，对你都是别有用心的。因此，这种种子就这样被传播了，而我的目的也已达到，我不需要再为它烦恼了。

文明人要比野蛮人夹带更多种子。皮克林在其人种研究中谈道："澳洲原住民几乎不着衣物，而且拥有极少人为制品，他们在传播种子和植物的贡献上，或许少于任何人种。"

第七章

水生植物·种子漂流记

随波
逐流

一八六〇年十月十三日，我发现蛤壳山那里的河岸绿了一片，原来是梭鱼草的种子浮上水面——里头还混着风箱树的种子、珍珠菜的狭长球根，还有圆而茂密的绿色狸藻的茎叶。或许，这些植物全是如此传播开来。我看到大量的狸藻靠在桥边和围篱，上头有着明显的绿色叶芽。这些植物都是在秋冬两季传播。

九月一日左右，我看到箭南星的花茎，长约一英尺半到两英尺，在河边和草地上弯垂着，末端吊着球状的绿色果实，直径约为两英寸，看起来好像一种绳子末端绑着金属球的武器，里面包含着大量黏黏的种子。果实弯垂到近乎及地，因而能够年年躲过镰刀，即便叶子都被割光了，这种植物却还能存活下来并繁衍后代。大自然将叶子给了刈草人，却留下种子，等候洪水前来领取。

现在，萍蓬草也同样弯曲着花茎，种子在水里和水底的泥土中逐渐成熟。这种果实呈长圆锥形，上有一道道棱纹，一端则是颇为整齐的开口，（a）里面装满黄色种子。（b）睡莲果实在蜕掉外层发黑腐烂的叶子之后，呈现出好看的浅瓶状。(c)这些种子的大小约为苹果种子的四分之一，颜色与苹果种子类似，或者更偏紫色。睡莲的种子可以存活得比较久，当它们刚从果实里脱落时——如今果实已全都沉入水里——种子会浮起，不过，当包覆种子的特殊黏糊状物质被冲掉后，种子就会沉到水底，发芽扎根。圣皮耶表示，他深信有种完美的调适与和谐支配着大自然的一切作品，"因而断定，水生植物的种子落下的时间，大多取决于其所处河流何时泛滥"。

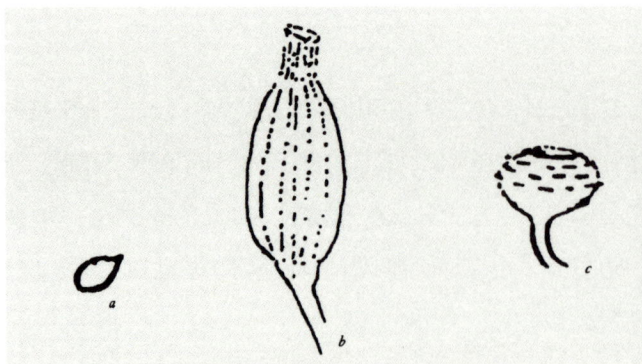

梭罗手绘萍蓬草和睡莲的果实与种子　　　　　　　　　　睡莲

动物
送货员

这些种子必为许多动物的食物。

如果你在附近的田野挖了一个水塘，很快就会看到塘里不仅会出现水鸟、爬虫类和鱼类，还会有常见的水生植物，像睡莲，等等。你的水塘一挖好，大自然就开始进货。你可能不晓得那些种子是如何或在何时进去的，但大自然知道。大自然动员它的整个专利局去处理，将那些种子陆续送来。

一八五五年八月，我为长眠谷新墓园里的人工池整地。这个池子在过去三四年间逐步开挖，而于去年完工，亦即一八五九年。这个池子长约十二竿，宽五六竿，深两三英尺——池底光秃、泥泞而多沙。水源取自附近草地丰沛的地下泉水。出水道是一条短浅沟渠，通往附近的浅水湾，水流最终流入半英里外的河流里。

去年，我得知已有许多小绵鳉鱼和一些颇大的梭鱼在池里被捕获——早在池子完工前。那些鱼无疑来自河流，即便引水道既窄又浅，而在今年——一八六〇年——我发现墓园池子里已长出一片片的萍蓬草。如此，我们身处死亡之中，却也在生命里。我想，这些种子并不是在淤泥里休眠，而是被遍布萍蓬草的河流（也可能是从四分之一英里外那片草地的大沟渠）中食用种子的鱼类、爬虫类和鸟类带来。威尔森说，萍蓬草和其他水生植物的种子会被大白鹭、雪鹭和大蓝鹭取食。乌龟也可能会吃这些种子，因为我看过它们吃萍蓬草的腐叶。如有任何水道相通，鱼类或许会比植物早到，然后利用植物作为食物和栖身的地方——因为鱼类必须等到水面被浮叶覆盖才能繁殖。

或许，它们现在就潜伏在这些绿色的屏障底下。

除此之外，池水里显然还没有野草。

一八六〇年十月十八日，我在别克史托沼泽南端的小池里看见萍蓬草的叶子和梭鱼草。它们如何进到池里去的？这回可没有河流（或许，这是爬虫类和鸟类所为，而非鱼类）。的确，我们不妨也问问，它们如何去到各处，因为所有的水塘和田野都像这样充满了植物，而我们可不该以为那些都像人工池这样的新造物。

这让我们想要探究，植物是如何来到目前的所在地的：比方说，那些在我们出生前或本镇建立前就长满睡莲的水池——还有我们挖的那些——是如何填满植物的？我认为，我们有把握的就只有假设前者填满植物的方式跟后者一样，而且世上没有突发的新创造物，至少从最初的天地创造以后就没有。而我也毫不怀疑，长在不同池子里的睡莲，由于所处环境不同，已逐渐产生各自的独特性质，即便它们全都起自同一颗种子。

我们发现自己所处的世界已种满植物，但栽种工作却仍如最初创世那样，持续地进行着。我们会说有些植物生长在湿地，实情或许是，它们的种子散播各地，但只在湿地上成功生长。

于是我们明白，化石里的睡莲——要是地质学家找得到的话——和我们拿去教堂的那些睡莲是如何传播的。除非你让我看到睡莲被创造出来的那个池子，不然，我将认定，最古老的化石睡莲在其起源地出现的方式，就跟别克史托沼泽的那

第一部　种子的传播

些睡莲一样。

这样的发展理论，意味着大自然有一种更强的生命力，因为它更具弹性和包容力，而且等于某种持续的新创造。

达尔文在其《物种起源》中说道："我在二月时，从某个池子边的水下三处位置，取了三大匙泥巴，这堆泥巴干掉后仅重六又四分之三盎司。我将这堆泥巴裹起来，放在书房里六个月，每长出一株植物就抽出来计算。那些植物总计有五百三十七株，分属许多不同种类，但那堆黏泥巴可以全部放进一个早餐杯！考虑这些事证，我认为，水鸟不可能没把淡水水生植物的种子送往远方。"当然，用的是它们的脚和喙。

洋流里的
植物舰队

如果我大肆宣扬借由河湖漂流的种子，你不会感到惊奇，因为更大的种子甚至可借由洋流越过最广的海洋，甚至堆成海中的小岛。圣皮耶说道：

有件值得哲人思考探究的事，就是去追踪那些植物舰队，看看它们如何日夜航行，随着小溪的水流，在没有领航员指引的情况下，来到未知的领域。有些种子偶因河水溢流而流落旷野。我偶尔看见它们堆在急流底下，聚在卵石周围发芽，呈现一波波最美的海绿色。你会以为那是花神被某位河神追逐，而让花篮掉进她的缸子里。其他更为幸运的种子从某条小河的源头流出，然后被大河的水流接住，一路送到远方岸边，为其装饰前所未有的新绿。

有些则是越过广阔的海洋，在远航后被暴风雨推上岸，而为当地装点增色。像是位于东非外海的塞舌尔或马埃岛的海椰子，每年都被大海送往四百里格外[5]，卸放在印度西南的马拉巴尔海岸。住在那里的印度人长久以来深信，那些奇特的海洋赠礼必为生长在波涛下的棕榈所产。他们称之为海椰子，认为它具有神奇功效，甚至将海椰子的价值看得和龙涎香一样高，情况之离谱，甚至让许多海椰子卖到每颗一千克朗。然而，法国人于几年前在南纬十五度发现出产海椰子的马埃岛，将它大量输入印度，结果海椰子的价格和名声立刻坠入谷底……

康多尔说，海椰子（大实椰子）"数世纪以来，从塞舌尔群岛的普拉林和隆德被大量传送到马尔代夫群岛"，但终究未能在当地成长起来。圣皮耶也说：

> 海洋将大量茴香种子抛向非洲西岸外的马德拉岛海岸，使得该岛一处海湾被称作丰沙尔，即茴香湾之意。
>
> 现代水手毫不留意这些海上种子及其航线，但从前的野蛮人就是凭着这些，才能发现在他们居住地的上风处，存在着岛屿……凭着类似迹象，哥伦布也才确信，另一个世界真的存在……
>
> （椰子树）只在海岸沙地长得好，通常在内陆就会变得毫无生气……

一六九〇年，哲学家卢古阿和他那些不幸的同伴，成了印度洋罗德里格斯小岛的首批居民，该岛位于模里西斯的弗朗西斯岛以东一百里格。他们一行人并未在岛上发现任何椰子树。然而，正好在他们短暂居留的期间，大海将数颗发芽的椰子冲上岸，仿佛天意要以这种有用且及时的礼物，劝诱他们留在岛上，并开始耕种。

某位作者曾列出各种被冲上挪威海岸的美洲植物果实，有的"很新鲜且发了芽……这些果实通常包括阿勃勒、腰果、葫芦、巨榼藤的豆荚（在西印度群岛被叫作茧）、毒鱼豆（英国伦敦上流社会年轻女子称作山茱萸）的豆荚，还有椰子"。

第八章

敌消我长的松树与橡树

　　我并非总按照观察的先后来陈述，而是从一连数年的许多观察之中，挑出最重要的一些，然后以自然顺畅的顺序描述。

　　约莫五年前的一个早晨，我前往康科德西部的一片林地探察，路上经过树林里的一大片土地，那里原是一座特别茂密而单纯的白松林，几年前遭砍伐后，如今由同样茂密的矮橡树占据着。我的雇主是个一生都在买卖林地的老人家，他看向这片林地，对我提出了那个很常见的问题，问我能否告诉他，为何松树林被砍掉后会冒出橡树林，而橡树林被砍掉后会冒出松树林。

　　碰巧我早就在注意这件事，甚至还曾检视这片树林里某个未被砍伐的部分，借以了解相关事实。因此，这件事对我来说一点都不奇怪。由于我不知道有谁清楚谈过此事，因此我将着重于这一点。首先，谈到松树总是或经常被橡树接替，而橡树常被松树接替，我能举出很多这种例子，不过现在只要来谈上述这个案例就已足够，其他事例将留作其他用途。

上述松树林地是本镇最密、最纯的松树林，这是每位熟悉本地林地的人都知道的，整座树林又暗又深，是蓝冠鸦和红松鼠的藏匿处。在那些松树被砍伐三四年后，同一片土地便由同样茂密且树种单一的矮橡树占据。同时，这片林地被交付拍卖，立即就被我两位不懂林地的邻人买下，他们只想着橡树就是橡树，也可能是因为听闻此处土壤长过那般的松树林而上当。那位跟我一道骑马的老农也参加了那场拍卖，若非价钱喊得太高，原本也有意买下。他断言，按照这个速度，那两位买家虽然年轻，却不会在有生之年看到任何像样的树林在那块土地上长成——而他们唯一的办法，就是砍树烧地，然后重新开始。尽管如此，我仍怀疑那会不会是最好的做法。他一边拨开遮住视线的矮橡树，一边问我能否告诉他矮橡树有何用处。

显然这里原先只有松树。那些松树被砍掉后一两年，你就看到橡树及其他硬木在那里冒了出来，其间几乎没有松树，而通常令人惊讶的是，橡树种子怎能埋在地里经久不烂。其实，这些种子并非埋了那么久，而是每年由各种兽类和鸟类新种下的。

在这附近，松树和橡树的分布状况相当，如果你细看那些最密的松树林，即便是看似纯种的北美油松林，通常仍会发现里头长出许多幼小的橡树、桦树和其他硬木树，它们是由松鼠等动物带来，或由风力吹来的种子发出的，但它们在松树林的遮蔽下，往往遭到扼杀。常绿树林长得愈密，里头就愈有可能播满这些种子，因为那些播种者偏好带着粮食到最茂密的隐蔽处吃。它们也把粮食带进桦树林和其他树林。这般播种工作年年进行着，而最老的苗木也年年死去；然而，只要松树一被清除，那些橡树获得它们需要的机会、把握有利形势，就会立刻长成大树。

茂密松树林的树荫有碍小苗木生长，而同类树苗的受害程度更甚于橡树苗，不过在松树林被砍倒后，如果地上正好留有完好的松树种子，松树苗就会大量冒出。然而，当你砍掉一片硬木林，混在里头的小松树也得到类似机会，因为松鼠已将硬木的坚果搬去松树林，而非较为稀疏开阔的硬木林，而且它们通常把坚果清运得相当彻底；再说，如果那是片老树林，那么小树苗原本就处于羸弱甚至衰败的状态，更别提土壤已耗尽该树种所需的养分。

如果一座松树林被白橡林包围着，那么白橡树可望在那些松树被砍之后接续而起。如果前述的松树林被矮橡树包围，那么你就可能得到一座茂密的矮橡树林。

我无暇细谈，只能简要言之，当风把松树种子吹进硬木林和开阔地，松鼠等动物则把橡实和胡桃搬进松树林，树种的轮作于是持续进行。我在多年前早已断言此事，后来我偶然检视若干浓密松树林，结果亦证实这番看法。松鼠会把坚果埋在地里，此已久为观察者所知，但我不知道有谁曾如此解释森林的有规律演替。

松鼠的
造林作业

　　一八五七年九月二十四日，我在镇上沿着阿萨伯特河泛舟而下，看见一只红松鼠沿着岸边草丛奔跑，嘴里还衔着一个大东西。它停在一棵铁杉底下，离我大约数竿远，接着用前脚匆匆扒出一个洞，把战利品丢进去、掩盖起来，然后撤往树干中段。当我靠岸去检视它的存货，这只松鼠往下爬了一些，显得很担心它的宝物，试探两三次想要取回，最后还是撤退。我在那里挖掘，发现两颗连在一块的未熟山核桃带着厚壳，埋在红色的铁杉腐叶泥底下一英寸半处——正好是适合种植的深度。总之，这只松鼠就这样完成两件事，一面

为自己储存冬粮，一面为万物种下一棵山核桃树。如果这只松鼠遇害身亡，或者忘了这份存粮，那里就会长出一棵山核桃树。离此最近的山核桃树位于二十竿外。这些坚果于十四天后还在原地，不过当我再次查看时已经不见了，那是在十一月二十一日，亦即再过六周之后。

我在此后更加仔细检视数座密林——据说它们都是纯松树林，而且看起来也是如此——总是得到相同的结果。比方说，我在同一天走进一片范围虽小但极为茂密而漂亮的白松林，其面积约为十五竿见方，坐落在本镇东边。那些树在康科德算是大的了，直径为十到二十英寸不等，而且是我见过最纯的松树林。确实，我之所以选择这片松树林，是因为我认为此处最不可能包含其他树种。该松树林坐落在一片空旷的平原草地，只有在东南边邻接另一小片松树林，那座小松树林里有一些小橡树。白松林在其他各边距离最近的树林至少都有三十竿远。站在这片松树林边上向内看去，地面平坦而无林下灌丛——多为裸露的红色土面——你会以为里面没有一棵硬木树，无论是老树或小苗都没有。然而，仔细检视林中地面后，我才发现——其实是在我的眼睛习惯这般搜寻之后才发现——在那里，跟稀疏的蕨类和矮小的蓝莓交替出现的是小橡树，小橡树不仅四处可见，出现频率很高，每距离五英寸就有一株，树高为三到十二英寸不等，而我在其中一处发现有颗未熟橡实掉在松树根部。

坦白说，我很惊讶我的理论能在这个例子里获得这么完美的证实。参与这场种植的主角之一，就是红松鼠，它在我审视其造林成果时，一直好奇地审视我。有些小橡树已被来到树林寻求遮阴的牛所啃咬。

假设这片林地的面积为十五竿见方，那么里面就有两千五百棵小橡树，也就是松树数量的五倍多，因为那里的松树不及五百棵。在众多类似这样的情况中，地主和伐木工都会跟你说，林地里一棵橡树也没有。其实，局势是反转的，以数量而论，倒不如说这是一片纯橡树林，而且里面没有松树。确实，外观是会骗人的。此外，我还要在此说明，这些松树年约四十岁，在地面铺着一层厚达一英寸到一英寸半的松针，林中没有任何更高龄松树的残根，但老橡树的残根却仍很常见。简言之，那些松树曾经占据了一座橡树林，并准备让另一座橡树林来替代自己。

松树林是橡树的
天然苗圃

接着，我又检视本镇西边的一块北美油松林地，该处松树林系于一八二六年从被焚烧过的土地冒出。林中没有别的植物超过灌木的大小，随意看看的人只会发现北美油松底下冒出来的一些小白松，但树木基部之间的地面却像原来的草地一样裸露而平滑。这是我所知最茂密的北美油松林，因为这里虽然曾被彻底翻过，而且只有十二到十五竿宽，但从某些方向却无法望穿。最近的一座树林位在二十竿外，其他树林更在五倍距离外，然而，仔细一看，我发现这里长着不少橡树苗。我随意选了一处橡树苗看来最多的地方，在十五平方英尺的范围内，算出有十株橡树苗，而我在相同面积内却只能找到五株北美油松；根据这个比例，林中的橡树为北美油松的两倍。

在某些情况下，我曾经仅在半打松树底下就发现数百株橡树苗。

一般人最初的想法，会认为橡树苗大多应该出现在结出种子的橡树底下和周围，亦即在橡树林里；然而，当我去橡树林寻找，却发现那里的橡树苗显然比松树林底下的来得稀少且羸弱。

然而，由于我不满意自己为此对橡树林进行的检视，因此在某天下午决定带着铲子从某座纯橡林挖出十株橡树苗，再到某座纯松树林挖出相同数量的橡树苗，然后加以比较，我自认这么做是很聪明的方法。

我寻找的是一英尺以下、容易挖掘的树苗，一经发现，就把它们带走。

我首先检视一座小却茂密的橡树和山核桃树混生林，这座树林尚未老到能结种子，但毗邻着一座较老而能结种子的树林。然而，经过仔细搜寻，我没能在那里找到一株年轻橡树。

我接着前往一片广阔的橡松混生林，并在橡树为最主要树种的部分进行搜寻。那些橡树皆为二十五到三十岁，但每隔两三竿通常都有一棵细瘦的松树。那里有许多三四英尺高的矮橡树，然而，我找了三刻钟后，最终失望了，而我担心我没有时间再去检视另一座松树林，因为我只找到三株所需的橡树苗。

然而，我发现是否在那里找到十株橡树苗并不影响我的检视结果，于是转进一座年轻的北美油松和白松混生林。这座树林是从邻接上述树林的草地长出，里头就有数千株我正在找的小橡树苗，时值十月，它们染红了好几处地面。我立刻挖了十株橡树苗，它们无疑是发自前述树林所产的橡实。

如今我已检视过许多茂密的松树林——北美油松林和白松林都有——还有数座橡树林，借以查看里头长了多少橡树苗、橡树苗种类为何。我会毫不犹豫地说，不满一英尺的橡树苗在松树林里要比在橡树林里多得多。橡树苗在松树林底下长得茂盛而繁多，但在橡林底下却很难找到，而你能找到的那些通常

（无论原因为何）有着老而腐坏的根部和羸弱的嫩枝。

尽管橡实产自橡树而非松树，但事实则是橡树苗（高度在一英尺以下者）在橡树林底下很少，而松树林底下却有数千株。要我前往某座浓密纯橡林寻找一百株这种尺寸适合移植的橡树苗，我才不会答应这样的差事呢，但我能在松树林底下轻易取得数千株。

的确，人们似乎不知松树林是橡树的天然苗圃，只要我们让松树林矗立着，就能轻易从那里把橡树苗移植到我们自家的土地上，救出一部分每年都会随着时间衰败的树苗。无论如何，这些橡树将要承受阳光，因为这是它们的命运。

因此，正是这个原因让橡树和松树经常长在一起，或长在同一区域。如果我没弄错的话，我们的橡树和松树（北美油松和白松）在分布范围上几乎相同。或者，也许前者的分布要比后者更往南一些，因为南方比较少霜害；而后者的分布要比前者更往北延伸，因为在那里，就连松树的掩蔽也无法保护橡树抵抗严寒。或许，橡树生长最盛、木材质量最佳的地方，就是气候冷得让橡树在起初需要松树林的庇护，却没有冷到在有松树林保护下仍会冻死的地方。纳托尔在其《北美林木志》谈道："橡树……仅分布在北半球……东半球有六十三种，而北美洲，包含新西班牙地区在内，约有七十四种。美国拥有其中大约三十七种，而新西班牙地区也有相同的种数。"

我也注意到，这些小橡树大量长在桦树林里，那里为冠蓝鸦、松鼠及其他搬运橡实的动物，提供可以藏身的密林。总之，在这附近，只要一有松树林或是桦树林长成，松鼠和鸟类就开始在里头种橡实。

然而，值得注意的是，通常在空旷的平原或草地上不会出现橡树苗。大多种类的橡实要是掉在那里，都不太可能长成。极少数在这种地方发芽的橡实，似乎都是鸟和动物在前往另一个藏身处的途中落下或埋下的。因为，我敢说，那些树，每一棵都是起自一颗种子。每当我在原地检视这些年仅两三岁的小橡树时，总会看到它们原先发芽冒出的空橡实。

种子的
生命力

　　并非长过橡树的地方，就有种子在地里休眠——如同很多人相信的那样，而且大家都知道，我们很难长期保存橡实的生命力，将它们顺利运到欧洲。劳登在《英国的乔木与灌木》中建议，最安全的做法就是在航程中将橡实置于罐中发芽。这位专家指出，"任何种类的橡实都鲜少能在保存一年后萌芽"，他还说山毛榉"只能保有生命力一年"，而黑胡桃"很少……在成熟后超过六个月"。我经常发现，到了十一月时，几乎每个留在地上的橡实都已萌芽。柯贝特谈到白橡，他说："如果暖雨在十一月到来，这在美洲经常发生，那么还在树上的橡实会在被风摇落前就开始萌芽。"一八六〇年十月八日，大量白橡橡实在半悬半落的状态下，全都已经萌芽，从而我能轻易相信，橡实偶尔会在落下之前萌芽。然而，某位植物学作者却说："埋上数世纪的橡实，一被挖出，很快就开始生长。"值得注意的是，橡实腐坏起来真是又快又莫名。打开许多我从树上采来的橡实，虽然外头看起来完好，但里头却有一侧或全部已经变色或开始腐坏，即便其中并无虫子。由于霜冻、干旱、潮湿和虫子，大部分橡实很快就会坏掉。

　　乔治·埃默森先生在其杰出的《麻州自然生长的林木报告》

中谈到松树："这些种子的生命力极为顽强，在森林的凉爽和浓荫保护之下，能在地里多年保持不变。然而，一旦森林被移除、阳光温暖地进入，它们就会立刻生长起来。"由于他并未说明这番言论是基于哪项观察，因此我必须质疑其真实性。此外，参照园丁的经验，上述言论更是可疑。据劳登所述，鲜少有球果植物能以任何已知的人为方式来保存种子的生命力超过三四年，不过他说，海岸松的种子往往要到第三年才会发芽。

有些故事这样传说，随着某位古埃及人埋葬的种子，后来长出小麦，还有发现于英格兰某位死者腹中的种子长出树莓，而这人大约死于一千六七百年前，这些说法一般都不被采信，因为相关证据并无说服力。

许多科学家——包含卡本特博士在内——曾用缅因州距海四十英里挖出的沙子长出海滩李一事，来证明海滩李的种子埋在那里已久，有些人还据此推论海滩已倒退了这么远。然而，在我看来，他们的论点须先证明，海滩李只长在海滩。卡本特博士说，这种植物"从未见于海边以外的地方"。海滩李在距海大约二十英里的康科德并不罕见，而我记得本地以北几英里，距海二十五英里处，有一片茂密的海滩李，那里的果实年年都被运到市场。海滩李能在距海多远的地方生长，我并不晓得，但杰克森博士提到他在缅因州距海超过一百英里处曾发现过海滩李（或许是同一种）。此外，海滩李似乎在沙地就能长得很繁盛，无论距海多远，而本地其中一片海滩李就长在我们仅有的一处沙漠。类似的反证正好都驳斥了记录上那些有名的例子。

然而，我仍愿相信有些种子，尤其是那些小型种子，能在适当环境下保存生命力达数世纪。一八五九年春季，镇上那座被称为亨特屋的老宅遭到拆除，它的烟囱上头还标记着一七〇三年的日期。这座屋子坐落的土地属于马萨诸塞首任总督——约翰·温斯罗普，整座屋子有一部分显然要比上述日期还老得多，而且同样属于温斯罗普家族。多年来，我一直在这一带搜寻植物，我自认相当熟悉这里产出的植物。据说，有些种子偶尔会从地下不寻常的深度被挖出，从而再度产出绝迹已久的植物，此事让我在去年秋天想到，在那屋子里隔绝光线已久的地窖，可能会有某些新的或稀有的植物长出来。我于九月二十二日在地窖搜寻，除了发现一些杂草，还找到一种欧荨麻，这是我不曾找到过的植物；莳萝，我没看过自发长出的；香藜，我只在一处看过野生的；龙葵，在这附近很罕见；还有烟草，烟草虽于上世纪普遍种在这里，但在近五十年来不见于本镇——几个月前，就连我也没听说有谁在本镇北部种植几株自用。我毫不怀疑部分这些植物或全部，是发自长埋那座屋子底下或周围的种子，那株烟草更证明这种植物曾在这里被种植过。那座地窖在今年被填起，上述包括烟草在内的四种植物，如今再度于该处绝迹。

向大自然交税

确实，我已说明了动物会消耗大部分树木的种子，起码有效地阻止那些种子长成树木。然而，如前所述，在这种情况下，消耗者也同时被迫成为传播者和栽种者，而这就是它们向大自然交的税。我记得林奈说过，当猪用鼻子在翻找橡实，同时也正在种植橡实。

某种树木接替或取代另一种树木的方式，还有好几种。最常发生的是，一场大火烧遍一座继纯种松树林而起的橡松混生林，松树全都死了，而橡树却从树桩重生。健忘或粗心的地主，或许会很惊讶看到那里出现一片纯橡树林。

此外，就连那些较重的种子，例如橡实和坚果，也会被水流运送相当远的距离。春天的融雪或降雨的水流，经常将栗子从山丘冲进洼地，栗子也因此被运送了一小段距离。

当你在秋天穿越树林，偶尔会听见好像有人折断树枝的声音，当你往上一瞧，就会看到一只冠蓝鸦正在啄击橡实；或者，你会看到整群冠蓝鸦在一棵橡树顶上，听到它们摘下橡实。接着，它们飞到一根合适的大树枝上，忙碌地敲着橡实，不时环顾四周，看看是否有敌人接近，然后很快地啄到果肉，开始一点一点地吃。它们一边抬头吞咽，一边以爪抓牢尚未吃完的橡实，然而，橡实往往在冠蓝鸦还没吃完时，就已经掉到地上了。

当天下午，我先在松树林挖好橡树苗，然后再往前走向一座白松林。那座松树林于二十年前从草地长出，我在那里也发现大量橡树苗。当我正要走出林子，就看见一只冠蓝鸦冲着我直叫，飞向一棵高大的白橡树。那棵树长在草地上，距离松树林边缘八到十竿。它才刚飞降在那棵橡树上，马上又冲向地面捡起一颗橡实，然后飞回松树林。这显然是那座白松密林底下被种下大量橡树的方式之一（可能是最主要的方式）。

经过更仔细的检视，我发现那棵大白橡对面的橡树幼苗，几乎全是白橡，而我确信，借着查看松树林外围或附近的空地长着哪种橡树，我就能知道在那座松树林底下，所能找到最多的橡树是哪一种。就算橡树长在远处又如何？你想想，冠蓝鸦往返两地的速度多么迅速，而一天内的往返又有多少次！

仅在两天后，我坐在上述松树林三英里外的另一座松树林边缘，看到一只冠蓝鸦飞到六竿外一棵长在草地的白橡树，并从地上捡起一颗橡实，然后飞回树上。它站在树枝上，一脚踩住橡实，用鸟喙反复敲击，动作虽快，但样子却是笨拙地起伏摆动——因为它得将头高举，才能获得必需的冲力。

总之，这是这个季节（十月）很常见的景象。冠蓝鸦如今持续活跃往返于结籽的橡树和松树林之间。如果我现在造访这附近所剩无几的一座橡树林，那么迎接我的声音，往往就只有被橡实引去的冠蓝鸦所发出的尖叫。如果我造访的是在草地上孤立生长的白橡树，就我所知，它们结的果实特别丰盛，那么冠蓝鸦会在几乎每一棵树上叱责我，因为我妨碍了它们的好事。

从另一方面来说，无论任何季节，都没有哪里要比浓密的松树林更容易找到冠蓝鸦，它们常在那里生活并筑巢。我可以证实巴特拉姆写给鸟类学家威尔森的叙述无误：

> 冠蓝鸦是大自然体系里很有用的一种媒介，它们能帮忙传播所取食的林木和其他能结坚果和硬核果实的植物。它们在秋季的主要工作就是到处搜罗冬季存粮。在进行这项必要任务时，它们总会在飞行途中掉落大量种子在田野、树篱，还有栅栏旁边——它们飞降该处以便将种子放进插着栏木的洞里。惊人的是，经过一个多雨的冬季和春季，田野和草地竟然就冒出了大量小树苗。单靠冠蓝鸦的播种，就能在几年内让所有清理过的土地长出树来。

松树林里的
橡树苗

还有很多事情得从检视不同地点的橡树苗的根与芽来了解。去年十月十七日，我从一座橡松混生林取了一株五英寸高的红橡树小苗。它的大橡实侧躺在土壤里，被一层松散的湿叶覆盖着，受到遮阴与掩护。综观长度和宽度，地上的部分要比根部来得粗壮。根部在橡实的底下陡然后弯，如图手绘红橡树小苗芽与根的伸展模样所示：那颗大橡实依然极为完好，让我认为这橡实不仅在头一年提供小苗大部分的营养，而且必定在第二年继续供应一段时间。

一八六〇年十月十六日，我在康南特的北美油松和白松混生林挖了四株橡树苗。在这整片林地里，最大的橡树苗约为一英尺高。

第一株是红橡或可能是猩红橡，树龄显然有四岁了。橡实约在叶泥表面以下一英寸处。枝叶在叶泥上方长到五英寸高，根部深入地表以下约一英尺。

第二株是黑橡，在叶泥以上有六英寸（或八英寸，沿着茎量），看来也有四岁。这株分枝较多，而顶端部分在去年曾被兔子咬掉。根部直直往下伸展了大约一英寸，然后朝着近乎水平的方向长了五六英寸，当我一拔，它就断在地下十六英寸深、不到八分之一英寸粗的地方。地表上的主茎直径为四分之一英寸粗，在地下五英寸深处（沿着根量），则将近四分之三英寸粗。在地上五英寸处，几乎不到五分之一英寸粗。

第三株是白橡，有十英寸高，树龄看起来有七岁。同样也被兔子啃过，因而抽出新芽。头两年的生长部分埋在叶泥里。根部发展的方向和形状都很

红橡树小苗

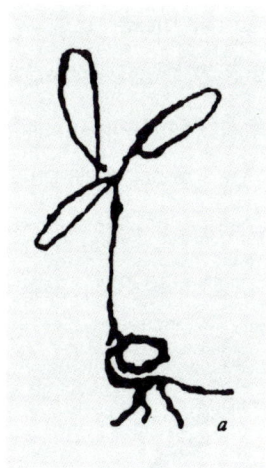

梭罗手绘红橡树小苗芽与根的伸展模样

像前一株，只是没那么粗。

　　第四株是矮橡树，也很像前几株，只是更细，从主茎发出两三根嫩枝。

　　在这几株橡树上，尤其是前三株，都有一个主要而出奇硕大的纺锤状根部，完全跟地上部分不成比例。这根在地下四五英寸深处最粗，两端较细——但当然，最远、最细的根是往下方延伸——并在根的四周以约略水平的方向冒出许多长约一英尺的须根。正如两年生植物会在首年把精力用于长出能在次年供给养分的主茎，这些小橡树同样也在最初几年形成这些粗大、肉质而富有活力的根，让它们在萌芽林地一抓到发展的机会，就能立即取用。

任谁初次挖到这些健壮、外形像根胡萝卜的橡树根时，都会大吃一惊，他会突然了解到，这是树木为了森林演替而特别准备的储粮。这种根为年轻橡树独有，很明显的是要在地上部分遭逢意外时，作为援用的资源。他也会感到惊讶的是，这些短小而看似赢弱的细枝，不比乌鸦的翎毛粗，竟能在地里扎得这么牢，因为这些根并不像胡萝卜那样垂直往下长，而是在橡实底下朝着约略水平的方向伸展二至六英寸，但通常并非直线生长，而会转半圈或一圈，略似一副把手不超过六英寸的曲柄钻——接着，在达到最粗后，直直往下而去。如此，侧视如 a，或俯视如 b。我带回家趁闲检视的那二十二株不同种的橡树苗，没有一株的根部是直接垂直往下长的，而是全在橡实底下

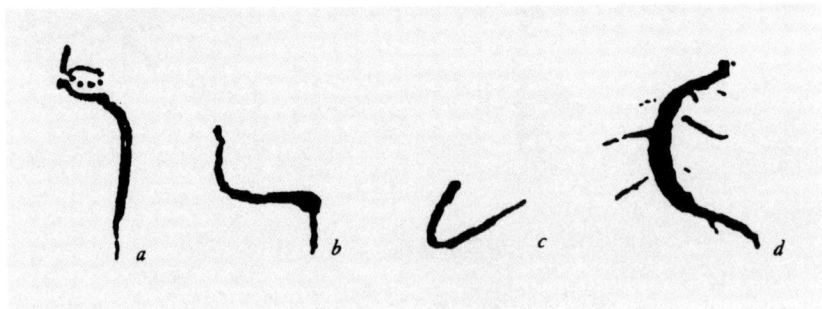

梭罗手绘橡树小苗根的生长情形

a. 第一株侧视：看起来有如一副曲柄钻。
b. 第一株俯视：根先水平生长，再往下长。
c. 第二株俯视：根转了两个弯。
d. 第二株侧视：根转了三个弯。

转向一边，然后约略水平或倾斜生长一至五英寸，或者说平均三英寸。另一株从上面看来转了两个弯，俯视如 c，从侧面看来转了三个弯，而且扎得很牢，侧视如 d ——所以每次根部尚未拔起，上面的枝叶总会先断。我认为，这些根的第一个横向转弯，来自幼根在橡实底下弯回的姿态。橡实在橡树长到五六岁时，仍然很容易看得到。

橡树林里的
橡树苗

橡树林底下的橡树苗和松树林底下的橡树苗明显不同，不仅数量极少，通常也老得多，根茎也较腐朽而病弱；所发出的嫩茎细长而羸弱，往往倒卧在叶泥底下。十月十七日，我在华伦家山丘林地这处二十到二十五岁的纯橡树林发现大量未满一英尺的小橡树；不过，一经检视，那里的实生苗要比浓密松树林里来得少。那些小橡树大多发自某根在叶泥底下横生数英尺的树枝末端，而那根树枝则连接到地面下的一株老旧残根——可能是一株更老、更大、更腐败的实生苗。我所谓的"实生苗"指的是发自种子的年轻橡树，它们的地上部分从来都没有地下部分大。

在埃默森林地的东南部——此处以橡树为主——我检视两根从落叶地面冒出八寸的细长橡树嫩茎，往下探去，我发现一小段残根，起初我误认那是一个很老的根或较大树木的一部分；然而，将其挖出之后，我发现那属于一株真正的实生苗，拥有常见的那种纺锤状而弯曲的样子，有十五到十八英寸长，至少有八分之七英寸粗，反观最长的嫩茎只有八分之一英寸粗和十英寸高。这株实生苗在六年前死过一次，然后这两根细长嫩茎——就像你常在老树林看到的那种——就长了出来。这根在该实生苗半死时可能有十岁大，因此现在约为十六岁。然而，如我所说，这株橡树只有十英寸高。它正在受苦，将逐渐衰弱、死去。

再来说我挖到的那些树苗：在前面提到的那天下午，我打算去橡树林和松树林各采十株小苗，我将那些小苗带回家，趁着空闲时加以检视比较。如我所述，有三株橡树苗来自橡林。最小的那株就像松树林的那些橡苗，但其他两株则拥有特别老、硕大、不规则而扭曲的根部——长成多瘤的椭圆形疙瘩，发出的嫩茎死过好几次。你会以为自己碰到一个死后埋在土里的残根。比方说，最大的那株是红橡，长了一根九英寸高的嫩茎，在地面为八分之一英寸粗，看起来有三岁。其根部断在八分之一英寸粗、大约地下十八英寸处，而在地下三英寸处，这根部为一又八分之三英寸粗。侧边或水平须根有一条为一英寸长；其他两根略为扁平，已经长成粗根，朝向水平方向长了二十英寸，而这些也断了。这两条侧根和主根一样长，其中一条在地下三英寸处约为半英寸粗，而且完全水平。这植株因此牢牢扎在地里。

我数算那些死去的残枝或嫩茎基部，其中有好几个是现存嫩茎的两三倍大。如果同一时间仅有一个活着，每个只活三年就腐坏（它们或许能活到这个时间的两倍），那么这条根就有三十岁。然而，假设同一时间活着的嫩茎有一个半，那么这条根就是大约二十岁。简言之，我认为这个根可能跟周遭的大橡树同龄，亦即大约二十五岁。

从我的经验来看，我认为，那些从橡树林地面冒出的细短枝条，虽然通常被认为起自大树的根部，但其实是发自这些在地里腐坏的实生苗老根。

取自北美油松和白松混生林的幼苗有十九株——包括白橡、矮橡、黑橡，或许还有红橡——平均高度为七英寸，平均根长为十英寸，最粗的部分为八分之三英寸。里头有好一些是矮橡苗，这多少可以解释这批橡苗为何长得细长，不过最大的那些也不像我通常挖到的那么粗壮。现存嫩茎的平均年龄为四岁，但超过半数至少死过一次，因此它们真的要比起初看起来还老得多。它们在接近地面处都有一圈休眠芽，准备在原先的嫩茎受伤时长出枝叶来。

至少会有一根嫩茎被兔子咬断、死亡，这是经常发生的事。

少有橡树苗长在橡树林底下的另一项证据就是，比起年轻的橡树林，所有老橡树林里头都少有或没有林下灌丛，因此你虽在密林中，仍可自由行走。

接着出现的问题就是，为何橡树林里的橡树苗如此稀少而病弱？

首先，可以确定的是，一般而言，橡树需要的养分在老橡树底下的土壤耗用得比在老松树底下严重。卡本特曾谈到叶子的有害分泌物质，他说："少有植物能在山毛榉落叶形成的土壤里生长，而橡树……在其根部周围土壤注满丹宁酸，导致少有树木能在橡树被根除的地点生长。"这显然不会对松树产生很严重的伤害。

其次，橡树林底下的橡树苗，在春天面临霜害时受到的保护最少，而那时它们才刚抽叶。不过，从根部萌蘖的苗却是很普遍。这或许是因为橡实、小橡树和松鼠都爱温暖；而常绿茂密的松树林底下的地面，不会像会落叶的橡树林底下冻得那么严重。

最后，松鼠和冠蓝鸦都会把粮食带往常绿树林，而橡树结的橡实不多，但这些动物却几乎把所有完好的橡实都带走了。

这些是我想到的一些原因，但我还不是很明白。

橡树的
最佳保姆

如我所说，几年过后，硬木树显然发现这样的地点不利生长，因而松树得以矗立。我可举个例子，我在上述第一片松树林里，看到一棵才被弄倒不久的二十五英尺高的红枫——似乎是被风吹倒——上面仍长满绿叶，那是该座树林唯一的枫树；在另一片树高超过二十五英尺的北美油松和白松混生林里，我看到所有跟松树同时种下的糖枫都已垂危。

我希望了解橡树苗在浓密松树林里能活多久，于是检视画眉小径旁的北美油松林，结果发现，松树浓密处的最老橡树苗为八到十岁，不过，在仅仅一竿之外、松树较稀疏的小块林间空地，橡树蹿得更高，正要变成大树。我在康南特那片北美油松和白松混生林地，找到最老的橡树是一棵十三岁的黑橡。然而，我并未在这些和其他浓密松树林底下看到任何更老的橡树，即便我毫不怀疑橡树早在二十多年前就开始在那里生长。因此，它们一定死了，我认为我能在地里发现它们死去或腐坏的硕大根部，只要我特地去挖掘寻找。

在梅瑞安姆那片面积大上许多的白松林里——林下颇为空旷——我看到最老的小橡树为五岁大、六英寸高。我认为它们在一片极为浓密的松树林里只能存活六到十年。然而，如果你砍倒那里的松树，橡树就会开始迅速成长，取代松树的地位。举例来说，为了确定砍掉松树对林下橡树苗的影响，我于十月三十日造访郝斯莫的北美油松林，该片松林有一部分在前一年冬天被砍伐。在这片树林被清理的部分，橡树明显地以全新活力萌发。

我暂且忽略根部萌蘖苗，即便它们未被砍掉（它们只因阳光和空气涌入，就从老根蹿生到三英尺高），而去测量最先看到的四株一英尺高以下的橡树苗在今年的生长幅度，发现平均为五英寸半。至于邻近松树林的头四株橡树苗，其平均生长幅度为一英寸半。你可以发现，这个测量法对被清理过的空旷地并不公平，因为我应该纳入那些更高的嫩茎——里头有许多是实生苗，即便并非全部都是。虽然松树如果不被砍除，这些橡树几乎都会死去，但在前几年，松树的庇护可能会让它们长得比在别处更好。

值得注意的是，英国人在做过广泛而彻底的实验后，终于决定采用几乎就像这样的方法来栽培橡树，但其实这个方法早就由大自然及松鼠采用了。一两千年前，大自然无疑早在英国各群岛上施行着这样的方法，他们现在只不过是重新发现松树作为橡树保姆的价值而已。多年来，他们一直耐心地进行大规模实验，却不知不觉，一步步逐渐回归大自然的方法。

我在劳登的《英国的乔木与灌木》一书中，发现有一段有趣而详尽的记载，叙述着这些实验。他们似乎早已发现利用某种树木作为年轻橡树的保姆是很重要的，因为"橡树的幼枝和嫩叶天生难抵"霜害。首位论及该主题的作者史匹屈里，"发现桦树是最适合作为屏障的树种"，而如我们所见，桦树正是大自然在本地使用的树种之一。他"也发现，在山丘较贫瘠的地方种植荆豆，可以有效地保护橡树；因为他说虽然'荆豆似乎会在一定时间内抑制橡树生长，但在几年后，我们通常发现最好的橡树就长在最健壮的荆豆苗床里'"。其他人用过欧洲赤松、落叶松和冷杉，但最终欧洲赤松——一种极为类似北美油松的树——被认定最适合保护橡树。劳登在著作中说"种植和保护橡树一事的最后结论"——是摘录自英国"政府在国家森林里的实务"，由亚历山大·米恩所编纂。

起初，有些橡树是和同样的橡树种在一起，有些则与欧洲赤松混合种植。然而，米恩说：

> 所有种在松树林里、被松树围绕（即便土壤可能较差）的橡树都长得更好……过去几年进行的计划就是，只用欧洲赤松来种成围篱……等到那些松树长到五六英尺高……再将四五岁大的健壮橡树植株置于松树间，最初并不砍掉任何松树，除非松树太过粗壮而遮蔽橡树。在两年内得修剪松枝，以便将阳光和空气带给橡树；然后，再过两三年，就要开始逐渐清光全部松树，每年除去一定数量，而在二十到二十五年后，连一棵欧洲赤松也不要留。不过，在最初的十到十二年里，整座造林地可能看来只有松树。这种种植模式的优点在于，松树能保持土壤干燥并改善土壤，消灭那些经常扼杀和伤害橡树的粗草和悬钩子植物；还有，不需进行任何补植，因为如此种植的橡树几乎没有一棵会失败。

这些是英国植林者凭着耐心实验而发现的，据我所知，他们还以此取得专利；然而，他们似乎没发现这些事情早就被发现了，也没发现他们不过是采用大自然的方法，而大自然早已将此专利让与所有人。大自然一直都在松树林里种橡树而不为人知，最终，我们并未送去政府官员，而是派出一群伐木工前去砍掉松树，从而救了一片橡林，我们却为此纳闷，好像那是从天上掉下来的。

而且，英国人丝毫没有了解到，他们在此个案中并非原创者，而他们的"技艺与计划"也跟"未受协助的大自然"的做法一样，因此，在以上摘录出处的那部专论里，当"史匹屈里先生提到他发现橡树苗并未被长在它们之间的高大草类损害，而是被其改良"，该专论的作者便评论，这"似乎违背植物的本性，因而必定是一种不该普遍遵循的做法，因为这些高大草类必然阻止阳光和空气，对橡树苗的叶子产生完全的影响。无论在这个例子，或其他类似个案都一样"，我们不得不对这位作者的评论感到惊讶，他还说"可以订下这样的原则，亦即，在所有栽培之中，整个过程的每一步骤皆应按照技艺与计划来控制，任何事情都不要，或者至少尽量不要，留待不受协助的大自然去发展"。他不知道的是，他所说的"技艺"就跟那位原创者兼橡林种植者所用的是一样的，因此，他顶多只是重新发现一项失传的技艺而已。

我们会发现，在英国人开始修剪松树和桦树的时候，还有在砍伐清光它们的时候，那些橡树的树龄明显符合我发现橡树能在松树底下存活的年龄。

如果有人认为，动物掉在或种在松树林里的橡实，不可能像松树林被砍后冒出的橡树一样多的话——多到足以占据地面——那么我会先说明，英国专家建议在每英亩地种植的橡实数量为六十到五百个不等，平均值约为二百四十个，亦即一竿距离内一个半，虽然最终在一竿内存活的不超过一株，而能长成大树的就更少了。

在本镇最茂密的老橡树林里，我借着计算其中一个部分，推算出每英亩地的树木不会超过一百八十棵，亦即每平方竿为一棵多一点，那些树木大多由于相当密集，而不能长得很大或展开枝叶。每当它们长得更大而展开时，就会占据比这样更多的空间。接着就让读者想想以下这点——根据我们的观察，年轻橡树可以存活大约十年。那些动物拥有十年时间去种植许多像这样的松树林。因此，如果整片土地为一百平方竿，那么它们只需每年种下十颗橡实，假设每颗都能长大，就能在十年之末时，让每平方竿都有一株橡树。这样或任何类似情况下，都不需要那些植林者的大规模行动。一只条纹松鼠跑一趟，就能在颊囊内塞进一年所需的所有橡实。

总之，我们看到动物所种的树，远多于此。

为森林植树的动物们

栗树的
秘密

　　我在十月十七日下午出发，特地去查明栗树如何传播。栗树在这一带不曾像松树和橡树那么常见，也就是说，没有那样广泛传播；虽然，栗树也会形成大片的树林，但只局限在某些地方。任何一片干燥林地被砍伐后，几乎可以确定地面很快就会被橡树或松树覆盖，只有在某些不寻常的地方，我们才能期待有栗树冒出来。

　　此外，这附近的栗树林木在过去十五年内迅速消失，原因在于它们被广泛用于铁路枕木，还有栏杆、木板以及其他用途，因此现已变得相当稀少而昂贵；如果我们不特加照顾，这种树恐怕会在这里绝迹。

目前最近的栗树林位于康科德村庄中央的东南方大约一英里半处。我前去那里的路线是先穿越村庄南边的旷野和草地，

大约经过一英里，我就进到一片广阔的松橡混生林，往东一英里靠近林肯郡界的地方，就开始出现一些栗树。

我一进入那片树林，就开始仔细寻找橡树苗，而我马上就在一处几乎纯为橡树的地方惊见一丛六英寸高、紧密生长的小栗树。我把手伸到底下，轻易地将它们连根拔起——那是四株两岁大的栗树，曾在头一年时有部分枯萎过，但现在颇为茁壮，而原先那四颗大栗子还依附着，只是没了芒刺。那些栗子底下还有四颗小橡实，全都长出同为两岁的瘦弱小树，不过，奇特的是，这些小橡树不是死了就是生命垂危。这八颗坚果全部埋在直径两英寸的范围内，现今落叶地面底下约一英寸半处，处于仅仅半腐的松散叶泥之中。我确信，它们是在两个秋天以前由某只松鼠或老鼠埋下的。

你鲜少会在这一带看到栗树苗，而我也不记得有遇见任何这个年龄的栗树苗，不过我很可能真的遇见过。我这次特地去找栗树苗，但没料到会这么快就发现。这就是去寻找某个东西和等它引你注意的差别。在后者的状况中，你对这样东西完全不好奇，因此可能永远都看不见。

然而，见到这些栗子令我惊讶，因为就我所知——而且我很熟悉那片树林——在该处大约半英里之内没有任何能结实的栗树，我还比较相信能在自家院子的人工松树丛里发现栗子。然而，有可能的是，在短短几年内，一两株先驱实生苗已在比起那里近得多的地方结出第一颗栗实。无论如何，任何熟悉这处林地的人，甚至包括地主，都不会相信会有一颗栗实埋在该林地里或其旁一段距离内的叶泥底下。然而，就我在当时和其后所见，我毫不怀疑有几百颗这样的栗实，已被兽类和鸟类置于那里。

这些小栗树，以及我后来检视的三四株同龄栗树，都没有年轻橡树的那种硕大根部。

我继续前进，翻山越岭穿越那片松橡混生林，迈向林肯郡，并将眼睛张得更大，现在我要找寻栗树，而非等着栗树召唤。这时我发现许多两三岁大的栗树苗，有些年纪更大，而且甚至有十英尺高。这些树苗四处散布，但随着我愈接近栗树林，数量变得愈多。我猜平均每隔六竿就有一株——黄色叶子让它们在褐色地面更明显——这让我很惊讶，因为我先前不曾关注栗树的散布。这些栗树苗每株都是发自某只鸟兽放在那里的栗子，而它们是从更往东的地方将栗子带来，因为只有那里出产栗子。值得注意的是，栗树苗跟橡树苗一样，在浓密的白松林底下最多，例如位于布里斯特泉的那片白松林。

已有好几个人告诉我，他们很讶异找不到可供移植的栗树苗。我本身也想取得一株十二岁的栗树苗，于是花了两天时间快速走过广阔的栗树林，却未看到任何一株我认为是树苗的。这跟年轻橡树的情形一样：栗树林里的栗树苗较难认出，而且确实远远少于毗邻的松橡混生林。在这种情况下，我最终不得不回到前述的混生林，在距离能结实的栗树四分之一英里外，挖下一株栗树苗。

简言之，根据我搜寻栗树苗和橡树苗的丰富经验，我学会略过栗树林和橡树林，只去松树林或者邻近的别种树林去找树苗。只有这么做才能得到想要的结果。

你会说，松鼠等动物为追寻栗子所走的距离，远甚于橡实，因为栗子更为稀少。我猜想，松鼠搬运栗子的距离，有时可能有四分之一或半英里之远。松鼠采栗子时，可能跟一个小男孩走得一样远。它一到那里，既不需摇动或击打栗树，也不用等待寒霜来打开刺果，而是直接走向带刺的果实，在果实还没有打开前，就将其咬下，掉落地面。树林里的栗子愈少，愈能肯定松鼠会想要带走每一颗，因为这对松鼠来说，可不是短暂的午后野餐，而是攸关生计的追寻，就像农人采收玉米那样认真。

无疑，一棵十五到二十英尺高的年轻栗树，在借由松鼠媒介而从栗树林深入前进到松树林和橡树林之后，只要结了一颗果实，都还没有人发现，就会有某只松鼠或鸟儿去采，然后种在附近，或者继续往前迈进——栗树林便如此往前拓展，逐渐演替取代另一种树。

如今，要紧的是，这些林地的主人应该了解那里正在发生什么，并以适当方式对待林地和松鼠。他们目前根本没想到此事，只着眼于某些丰厚的成果。这些人不曾想过他们所谓自家林地的未来发展。对于那些土地，他们或许已经有了自己的计划，却未考虑大自然的计划为何。只要我们明智地不去打扰大自然，或许就能在一个世纪之间，恢复我们的栗树林。

当你敲打、摇动栗树时，冠蓝鸦会尖叫，红松鼠会叱责，因为它们在那里做着相同差事，同行之间从来不能和睦相处。我经常在穿过树林时，看见红松鼠或灰松鼠掷下未熟的栗子果实，我有时觉得那些果实是要掷向我。事实上，松鼠在栗子产季极为忙碌，你不可能久立林中而没有听闻栗子落地的声响。有位猎人告诉我，他在前一天——十月中旬——看见一颗未熟的栗子果实掉在我们那片河岸草地，那里距离最近的树林五十竿，离最近的栗树又更远，他真不晓得那颗果实是如何来到那里的。

偶尔，当我在仲冬时节去采栗子，会发现一堆三四十颗坚果被树叶盖着，那是白足鼠留在自家地道的。某人告诉我，他儿子在二月里发现多达一配克[6]的栗子，就在树叶底下，平均分成一堆堆。据他说，是条纹松鼠放在那里的，他见过它们在吃那些栗子。另一人告诉我，他在林中利用爆破来开辟沟渠时，发现将近一蒲式耳的栗子藏在一处岩石裂隙里，那是松鼠的屯粮。

橡树森林的
创造者

是啊，这些浓密而绵延的橡树林，其枯叶染红了新英格兰地区好几英里的山丘，并沙沙作响，这全是由动物的劳动所种下的。经过几周的仔细观察，我不得不做出这样的结论，本地现有从橡实长出橡树林的地方，不是橡实的落地处——那是偶然才有的情况——而是动物掉落或放置橡实的地方。

想一想这些植林者所做的工作多么庞大啊！谈到我们最壮观的硬木林，动物们——尤其是松鼠和冠蓝鸦——就是我们最重要而且几乎是唯一的恩人。全靠它们，我们才能得到这份恩赐。松鼠可不是白白住在各处林木、空心圆木、围墙或石堆的。

因此，有人会说，我们的橡树林如此广阔且不可或缺，竟是出于某种意外事件，也就是，来自动物收成损失才导致的结果。然而，谁说动物未曾略微明白它们劳动的价值呢？在松鼠埋下橡实，以及冠蓝鸦让橡实从脚下滑落时，难道不会乍然想到自己的后代，因而对自己的损失多少感到一点宽慰吗？

然而，我们是怎样感谢这些松鼠的？——暂且先不提别的动物。这些植林者，这些许多世代的阿瑟尔公爵们，早已查明橡树能长在多高的山地和多低的谷地，在我们的平原又能长得多远、多广。但是，它们有在我们的年金名单上吗？我们曾以任何方式肯定它们的服务吗？我们视它们为害兽。农人只晓得它们偶尔会在毗邻自家林地的农地取走他的留种玉米，或许每到五月还会鼓励儿子去射杀它们，并为此提供火药和弹丸，即便松鼠或许正在种植的，是更高贵的橡实。在内陆，人们每到秋天还会大规模猎杀松鼠，几个钟头就能杀掉数千只，而所有乡亲都很喜欢这样的活动。如果我们每年能以某种象征仪式来表彰松鼠在大自然经济里扮演的角色，才是更为文明而人道的。

最高贵的树种——需时最久才能产出，寿命也最长的那些——像栗树、山核桃树和橡树，在我们现行体制下将会最快灭绝，而且最难再生。它们会被松树和桦树取代，而这些树木因为少了土质改变，要比原生的松树和桦树更衰弱。有许多土地目前长着赢弱而正在腐坏的桦树或橡树，这些树木才成长到四分之一就已垂危，并长满真菌与树瘤，而那些地方在过去两百年，却曾长过高大的橡树和栗树。

很快会有一天——如果这天还没到来的话——我们将得费心保护和培育白橡树，就像我们现在对待大多数栗树那样。橡树将会变得太少，以至于没有足够种子可以迅速地、广泛地播种。

在栗树林所做的观察告诉我们，你不能在某个区域只培育一种树林，除非你愿意亲自去种树。如果没有橡树长在你家松树林周围几英里内，那么松树底下的地面当然不会长满小橡树苗，你就只得自己在那里种橡树了，否则，最终就只得忍受仅有的松树了。宁可拥有只有五十英亩大却充满各种不同树种的狭小林地，也不要有一整个镇区那么大的单一树种林地。

至于这些橡树的种植者，我没见过松鼠种下或埋藏橡实，不过我在秋天里经常——几乎每天——看到它们搬运橡实、掉下橡实，还有把橡实存放在洞里，就像每位天天造访树林的人都会看到的那样。当你开挖沟渠时，往往会发现数颗新鲜橡实埋在树叶底下一两英寸，或在橡树林外的灌木之间。几乎所有细心观察的农人，每年都会发现一份这样的存粮，虽然这在最初或许看似偶然，不过如果农人跟诸位邻人分享经验，就会发现这其实是常态。然而，值得注意的是，橡实若是要在常绿树林里发芽、茁壮成长，并不需被埋入土中，只需被送进树林并落在地表。我在十二月三日找到的每颗健全的白橡橡实，都已将幼根伸入地里，不过，那些落在开阔草地的则多已毁坏。在树林里，橡实很快就会被树叶稍微盖住，借以保持湿润、得到庇护。

秋天，我在本镇四周的老橡林及其附近注意到地上遍布两三英寸长的粗短橡树枝，上头挂着半打空壳斗，松鼠在橡实的两侧把树枝咬断，使其更容易搬运。

为了不在严冬里挨饿，松鼠整个秋天都忙着搜寻粮食。每座浓密的树林，尤其是常绿树林，都是松鼠用来对抗困乏的仓库，它们会用各种坚果和种子尽力塞满自家仓库。你在这季节会看到松鼠沿着篱笆飞奔，尾巴高举过头摇摆，频繁停在木桩或石头顶上。你可能会看着它跑上二三十竿，而它嘴里可能含着一两颗坚果，正要带去那边的灌丛里。

松鼠在秋天进行的这种奇妙活动——收集、散播和种植各类坚果、橡实等——极为必要，因为它们赖以维生的果实来自树木，而那些树木并非一年生植物，不像供应我们主食的小麦那样。如果小麦今年歉收，我们只需在来年播种更多，然后迅速收成；然而，如果植林是以树木的寿命为期来进行，一旦发生火灾、枯病或虫害，马上就有歉收或饥荒之虞。重要的是，每个成长阶段的树木都要有无数棵才行，而且要像种麦一样年年植树。想想，松鼠要做的工作量之大、要种的面积之广啊。

　　然而，尤其在冬天里，松鼠搬运和埋藏坚果的情况在雪地上更是明显。在几乎每座树林里，你都会看到红松鼠或灰松鼠在上百个地方往下挖开积雪，有时挖到两英尺深，而且它们几乎总是直接挖到一颗坚果或松果，直接得好比它们是从那果实开始往上钻洞的——这是你我都办不到的。对我们来说，连要在降雪之前找到一颗都很难了。无疑，它们通常是在秋天就开始储存这些坚果。你会好奇，它们到底是真的记得存放位置，还是靠着气味找到的呢？

　　红松鼠通常会把冬季住处选在常绿树丛底下的地里，往往是在一片落叶树林中间的一小丛常绿树底下。如果林外一段距离处，矗立着任何尚有果实的橡树或坚果树，它们就会经常往返于这两地之间。因此，我们不需认为树林里到处都要有橡树才能播种，只要在林外二三十竿之内长有几棵就够了。

　　获得战利品之后，它们就会找一处干燥的地方去打开它，也许是落地的大树枝，或是突出雪地的树桩，要不就是大树的弓背，也许更常去的是树干低处的残枝，或自家洞穴的入口。确实，这些球果和坚果都已变黑，而且据我所知，通常在这个时节里只有发育不全或空心的种子；然而它们仍在那里耐心剥着，显然也找到一些好的种子，而雪地上则散落着空心种子和被挑掉不要的种子，还有果鳞和硬硬的外壳。

那些留在地表或浅埋地里的坚果，正被置于最适宜萌芽的环境。我偶尔感到纳闷，那些仅是掉落地面的坚果如何生根？然而，到了十二月底，我发现这年先落下的栗子已跟松土相混，埋在腐坏而发霉的树叶底下，获得所需的一切水分和肥料。在盛产的年头里，大部分栗子就这样覆上一英寸厚的松散树叶，让松鼠较不容易看见。某年冬天栗子盛产，我在一月十日这么晚的时节，用耙子还挖出好几夸脱[7]；当天我在商店买的栗子有过半都发了霉，但我挖到的却没有半颗发霉，即便那些栗子原先埋在潮湿又生霉的腐叶里，又被降雪覆盖过一两次。大自然知道，怎样包装它们才是最好。那些栗子仍然饱满新鲜。显然它们虽在那里受潮，却未升温。到了春天，它们全都发芽了。

劳登说："如果要将坚果（欧洲的胡桃）越冬保存，以便在春天种植，应于采集后马上连壳置于腐土堆，并于整个冬天经常翻动……"在此，他再度窃取大自然的方法。可怜的凡人还能怎么做呢？——大自然找到想偷的人，又拥有值得偷的宝物。在种下大多数树种的种子时，那些最好的园丁不过是在仿效大自然，只是他们或许并不晓得。一般而言，最能确保大小种子发芽、生长的方式，就是用圆锹的背面将它们敲进土里，然后覆上叶子或干草。

植林者获得的这些结果，让我们想到肯恩及其同伴在北方的经验，他们在学习生活于极地气候时，惊觉自己不断效仿当地人的习惯，最后简直成了爱斯基摩人。因此，当我们在实验如何植林时，我们也发觉自己最终是在仿效大自然。若能一开始就请教大自然不是很好吗？因为在包括阿瑟尔公爵在内的所有人之中，大自然是规模最大、最有经验的植林者。

积雪一融，松鼠就更容易找到橡实。一八五五年三月二十五日，我看到松鼠大量取食已因雪融而暴露的橡实。某些地方的地面，散落着刚剥下的果壳和小口咬下的果肉。

不曾注意这项主题的人，他会觉得动物的媒介不足以涵盖每年在如此广大土地上的播种工作，就像我们也会纳闷，春天里出现的所有苍蝇和其他昆虫是从哪里来的，因为我们不曾跟着它们到过冬处，并在那里数算他们的数量。可以肯定的是，大自然的确大量保存和繁衍苍蝇等昆虫，并非重新创造，只是我们从未注意或正在睡觉。

我们必须留意动物所在的地方。松鼠可以在它食物当季盛产的地方被发现。在你家院子种下一棵栗树，这棵树若是在村庄外围，每到栗子成熟时节，就会有来自树林的松鼠造访。有人在屋前的榆树上养了一些半驯的红松鼠，看到它们在六月左右都会跑去屋后的树林（以北美油松和矮橡树为主），而在九月，当他那些白胡桃成熟时回来。难道它们不是去树林找榛果和松子吗？另一个人告诉我，他那只灰松鼠每到夏天都会跑进树林，而在冬天就会回到笼子，在里头跑着滚筒。

在这一带，看见坚果和松果，就知道会有松鼠出现，而看到松鼠就知道附近有坚果和松果。我在去年秋天造访附近三座主要的老橡林——或者说，是在八到十英里内为我所知的，意外发现这些地方是灰松鼠的聚集处。许多跟我聊过的人，都以为我是来找这些松鼠的，有一位还能向我谈起最远、最有趣的那座树林，因为他从前常去那里猎灰松鼠。我在那三座树林都看到它们用叶子做成的窝，不过我在距离最近的那座树林唯一看到的动物是一只红松鼠，唯一听到的声音则是冠蓝鸦的叫声——它们无疑全是受橡实吸引而来。事实上，人们造访这些树林主要是为了猎灰松鼠，而非追寻树林之美。

此外，那三座树林有两座因为相同原因而聚集许多鸽子，我在里头看到好几处鸽子栖地，其中一座树林的地主擅长捕鸽，他坦言该座树林之所以能在近年继续保留着，是因为那里为鸽子提供了食物和庇护。

山核桃
之谜

虽然我见过某只松鼠埋下山核桃坚果，但我一直无法确定，开阔地上的某些年轻山核桃丛林是在何种情况被种下的。

惊人的是，大自然多么坚持努力要为大地覆上某种树林——某些树木的残干和根部拥有多么大的生命力，即便那些树又小又年轻。比方说，这天下午，我检视史密斯小丘裸露坡面上的小山核桃树，每隔几英尺就有一株，多得数不清，高度为一英尺或更高些。过去十二年来，我看着它们努力覆盖那片原本裸露的草地，并纳闷种子如何来到那里；因为该处最初不仅是一片裸露草地，而且草原的中心距离任何能结果实的山核桃树都很远。如今小山核桃树的范围延伸四五十竿，树高从一两英尺到六英尺以上都有，并在某些地方已形成颇为浓密的灌丛。

经过仔细检视，我发现它们不是死过就是被砍倒过，而且也有老根。这些树无法从根拔起，因而很难检视根部。但我记得这座山丘的上侧在春天里被犁过，或许我能找到一些被连根拔起、丢在田野旁边的山核桃树。果然如我所料，那里可供检视的样本没有几千也有几百，每株都带有很大一部分的根部。这些树虽然平均只有一到三英尺高，但地面下的部分却有两英寸粗，

我判断它们的树龄可能有十五岁。让牛犁那块地，肯定很辛苦。

　　我选了一棵大而看似健康的山核桃树，锯开后发现它近乎死亡。锯开的部分有四岁大。这棵树曾被砍到剩下残根，残根还显示另外五圈年轮。我并未检视地下部分，探究整棵树到底多少岁。就我目前观察，今年长出的主枝已完全枯萎而死去，显然是被霜冻死的。这种情况很常见，除非树木长到一定高度才能避免。

　　起初，我轻率地认定这些山核桃树是被松鼠种在空地，但我现在开始质疑，这里是什么时候成为空地的？我无法确定。老旧残根仍然到处都是，我推测这块地是在十五到二十年前被清理的。因此，我判断坚果可能是在老树林被砍掉之前种下的，虽然那些山核桃树一再遭到砍削，以保持草地的开阔，或被霜害扼杀，但强韧的生命力使得这些树活了下来。尽管如此，这样的对待，还是让其中许多树变得赢弱不堪或奄奄一息。

旁边有座由橡树、山核桃树、松树等树种组成的年轻树林，可能也在相同时间被砍伐，里头的山核桃树有这些的三四倍高。或许，当年这些山核桃树被砍伐，土地被清理的时候，相对容易根除的松树，甚至还有橡树，都被清掉了，但坚忍顽强的山核桃树却不放弃立足之地。我还想不到别的理由，来解释山核桃树何以能在此地生存。

再一次，我检视这座山丘，还有布烈腾空地，看看能否找到一株未满六岁的实生山核桃树。距离这块土地上一次被清理，已过了十七八年，而在那段时间里，一片桃树果园在那里被种起而又荒废，还有一座苹果园也被种起，而现在也将要荒废。我认为这里在过去至少十到十二年里曾被耕种。许多小山核桃树就长在这两座果园的外围和里面。我在这两处地方的年轻山核桃树里仔细搜寻，但未能发现任何一株我想找的六岁以下的小苗。我没有在任何地方找到种子还附着在上面的小苗。我在史密斯小丘找到许多仅有一两英尺高的小苗，但全部都有硕大的根部，而且死过的老旧残枝在地面或地下清楚可见。在一个根部上发现一至三根残枝是很平常的，几乎成了通例，每根残枝都有一英寸粗、二至三英尺高，而在地下的主干则有两英寸粗。因此，没人能将它们连根拔起，无论地上部分多短、多细。

然而，我在布烈腾空地拔了一株二又四分之一英尺高的小山核桃树，这株很容易拔起，让我很惊讶；但我发现它断在地面以下一英尺、粗一英寸半的地方，而且严重腐朽。这株在地面有四分之三英寸粗，往下五六英寸逐渐增至一英寸粗。那里有一个老枝的残枝，而根部突然增大到一英寸半粗，直到断裂处都约略这么粗。地上大约三英寸处有另一个残枝，而这上方较晚的生长部分约有四岁大。最后这部分也死了，而在今年，有两根嫩枝从地上六到八英寸处抽出，各自长了两英寸和四英寸。因此，在此显然至少有四次长大成树的努力。第一个残枝跟地面上现存的整棵树，大约一样的粗——

估计为四岁

第二个，至少（在死掉那时）两岁

第三个，构成目前这棵树四岁

第四个，今年生长部分一岁

————————

合计十一岁

这一棵小山核桃树长在开阔地，高二又四分之一英尺，粗四分之三英寸，当时至少有十一岁（第一个残枝以上最少有八圈年轮）。我不晓得要是挖起树根还会发现什么。可观察到的最低残枝埋在地下六英寸，这清楚地显示这棵树周围被堆上土壤，可见这个根部可能在地里撑过整地、焚地和后续耕作。让这种情况的发生更为可能的是，果园里有好几个硕大的栗树树桩也发出萌蘖的小苗，从大小来看，这些小苗可能在整棵树被砍掉后，又被砍过一两次，而仍然存活。山核桃树的嫩枝可能也是如此。

我认为，最近几年没有一株山核桃树被播种在这些地方。确实，松鼠何必要把坚果带往已有山核桃树幼株的这些地点呢？——它们必须这么做，好让山核桃树持续被种下，而且不会全部都是同龄的。

我在瓦尔登湖开垦了一块空地，上面长了几株山核桃树，可能是在整地后由鸟或松鼠种下，因为我记得那里至少三十五年没有山核桃林了。

费尔黑文山坡也是一样。我记得那里是在大约三十五年前被清理，然后在二十到二十五年前长出松树。如今，我在松树林的里面和外面，都看到许多五英尺高的山核桃树，我几乎可以确定，这些不会是从存在地里三十五年的残根或老根长出来的。那么它们是怎么来到这里的？我指的是那些行为异于橡树，长在松树前方一两竿处的山核桃树。为何我从未在这里看过仅有两三岁的山核桃树呢？尽管如此，我仍不得不相信那些山核桃树也是由动物种下的。如果真是这样，那么山核桃树的传播模式就异于橡树，因为我不曾在任何地方见过橡树的小树丛长在草地上或松树林前方。难道动物在开阔地更有可能种下胡桃而非橡实？——或者，难道山核桃在那里更有可能存活？或许橡实也被种在那里，只是未能发芽冒出。也许，对于长在史密斯小丘和布烈腾空地的那些山核桃树，我可能是误解了。

十二月一日，我去检视费尔黑文山最年幼的那些山核桃树，看看它们几岁。我锯下三株，锯断的位置是在地下两三英寸处（也有在较高处的）。这些树约有三英尺高，上头的年轮很难辨认，但我判断最小的那株（约为一英寸粗、三英尺高）为七岁。另外两株可能老一些，但远不及松树老，我记得那些松树是何时长出来的。因此，这些山核桃树必定是在过去七到二十五年间冒出。它们在松树林里四五英尺宽的空地上最多（橡树不会如此），亦可见于松树林数竿外的开阔草地，还有的也特别容易沿着墙边生长，即便那里距离任何种类的林木都很远。

因此，我推论是动物种下它们，或许它们之所以沿着围墙生长，某种程度上是因为带着坚果的松鼠最常走那条路。最值得注意的是，它们竟然这么常被种在开阔地，就在裸露的山坡上，而橡树却很少这样。这一点该如何解释？或许是因为它们的根比橡树更为坚持，因而终究能在橡树失败的这些地方成功长成树木。它们可能更为坚忍不拔。又或许，牛不像对待橡树那样经常加以啃咬或伤害。

再回来谈史密斯山丘的山核桃树，我有点想要回到我的第一个想法。然而，我依旧认为，费尔黑文山丘那些外围的山核桃树，是在十二年内以异于橡树的方式种下的。

十二月三日，我在李氏山丘开阔且裸露的那一侧，并未发现有任何年轻的山核桃树生长着。如果它们能在其他地方的类似环境中生长，为何不长在山核桃丰盛的这里？在山丘北侧那座白橡林附近的山核桃树林底下和周围，有许多二到四英尺高的小山核桃树长在年轻的桦树和松树之间，而其中最大的那些桦树和松树在不久前被砍掉。我倾向认为，橡树和山核桃树都会偶尔被播种在松树林或其他树林边缘几竿外的开阔地，只是山核桃树的根部在这种情况下更能坚持，因而较常在那里成功。现在我突然想到，或许曾有许多小松树在过去十二年内出现在史密斯山丘的坡面上，而山核桃树的坚果就被播在这些小松树之间和周围；只是松树死了，山核桃树在那里活了下来。然而，在我熟知的布烈腾空地，我却不记得有任何这样的松树。

还有一项推测我还没用上，那就是被播种在树林里的山核桃可以长时间保存生命力，从而在多年后从开阔地冒出来。

令人惊叹的是，这些小山核桃树曾忍受并战胜了多少困境啊。我搜遍整座费尔黑文山，不只要找最小的，也要找最挺直而健壮的小树，但我锯下的那三株，全都在几年前死过至少一次，即便地上部分可能不会显露任何伤痕。我一挖下去，就在地下一英寸处发现伤痕。这些小树大多系由一个根部发出的数根枝干组成，往往形状古怪且病弱，从远处看来就像已经完全死去了。有些经过这般的垂死，却又发出两根以上弯曲的新枝，看起来好像钩子。然而，其中有许多，最终长成挺直、平滑而又健全的树木，所有的缺陷都被消除抹去。

有许多挺拔的年轻山核桃树零散长在安努儿那克山丘东南坡，高达十到十二英尺，形成一片非常开阔的树林。这些树木散布得几乎就像苹果树那么广，它们长得独特、健全而有生气，但我毫不怀疑，它们的生长历程很类似我描述过的那些小树。（不过我得更深入探究它们的生长史，以及如何来到那里。）山核桃树或许要到二十岁，才会以蓄积的冲力蹿起，摆脱霜害和其他灾难，开始以一棵年轻乔木的样貌存在。

我所挖掘的三株山核桃树，在地表下方都有比地上茎干大得多的硕大主根，那些主根牢牢地扎进地里，因此虽然树身还不及一英寸粗，而你也已在其周围挖了三四英寸深，但还是拔不起来——不过我并未在此深度发现任何侧根。它们是像铁一般的树——如此坚强而稳固。

世上有些人描写他们所谓的自学成功者，并颂扬在困境里对知识的追求。对这些新手很有启发性的活动，就是让他们去挖掘十几棵从种子长出的橡树和山核桃树，读懂那些树的发展过程，看看它们在跟什么奋斗。

关于山核桃树，值得注意的是，我们现今经常看见铁箍般粗的年轻树林形成这些颇为浓密的小丛林，却很难发现由高大山核桃树形成的浓密树林。无论哪种大小，我们都没有任何山核桃纯林——或者说，我们没有任何山核桃的"树林"。这种树似乎要比橡树等硬木树需要更多阳光、空气和伸展的空间，才能大量长成中型树木。一座包含一两千棵小树的丛林，显然会在最后，变成几十棵散落在草地上的大树。或许，大火经常烧死很多山核桃树。我刚去瓦尔登湖的时候，周围的开阔地有很多山核桃树，但由于大火、霜害或其他原因，现在所剩无几。北美油松的情况则要好得多。

同样值得注意的是，山核桃树非常喜爱山坡环境。我所谈到的五个地点中，就有四个是山坡。它们是为了阳光和空气而到那里吗？它们几乎莫名其妙地在这种地方冒出，仿佛它们很喜欢那里的景色，或是被派出占领这些据点。

简言之，那些不曾关注这项主题的人，不太会注意到鸟兽们多么忙于采集、散播和种植树木的种子——尤其是在秋季。这是松鼠在秋季里最重要的工作，你在这时碰到的松鼠，若不是叼着坚果，就是正要去找一颗坚果。当我走在山核桃树之间，即便是在八月里，我也会不时听到未熟山核桃的落地声，那是被我头上的山雀咬掉的。在内陆地区，正因为松鼠的关系，它们被迫得赶紧采集山核桃。镇上一位松鼠猎人告诉我，他知道有棵山核桃树结的坚果特别好，但某年秋天前去采集时，却发现已被一家子十几只的松鼠抢先。他从这棵中空的树木取出一蒲式耳又三配克的去壳山核桃，供他和家人吃上整个冬天。

这种例子不胜枚举。条纹松鼠的颊囊被坚果塞得鼓胀的景象，在秋天多么常见！这种松鼠习惯储存坚果和其他种子，像是榛果、橡实、核桃、栗子和荞麦等，因而获得 Tamias 这个学名，意为"膳务员"。红松鼠据说会在果肉未熟时收集整堆坚果、盖上叶子，待其成熟，届时会更容易搬运。你可以在坚果树掉光坚果的一个月后，到树下检视，看看完好的坚果、发育不全的坚果和剩余果壳的比例为何。那些完好的坚果不是被吃掉就是被广为传播。树下的地面看起来就像是杂货店前的平台，村里喜欢闲聊的人都聚集到这里，一面嗑着坚果，一面说着粗俗的笑话。你来到这里，会觉得自己是在筵席结束后才赶到，因为只看到满地果壳。

在还保有坚果的山核桃树底下，仲冬的雪地上往往遍布松鼠丢弃的果壳。靠近这些树的基部，或是邻近地区的其他树下，只要有一点裸露的土地，就会堆满了被松鼠咬成两半的坚果壳，那是它们整个冬天的杰作。

松鼠的
多功能矮橡树

我偶尔会被问到是否知道矮橡树有何用处。虽然樵夫认为这种树毫无价值，但对我来说，那却是一种很有意思的树，而且就像白桦一样，会让我联想到新英格兰地区。任何事物若能让我们感受到丝毫美感，它就具有无限大的价值，远大于我们仅知的效用以及对我们的用处。

附近许多干燥平原和宽广台地，以及山坡上的小洼地，都长满三到五英尺高的矮橡树。约莫十月一日，许多主枝皆因霜害而树叶尽落；而那些大小、尖度、果毛多寡各异的漂亮果实，如今都已转为褐色，上头许多带着深色的直线，全都即将落下。而如果你从这些裸露而受霜冻的主枝，扳动上头的果柄，你会发现那些果柄亦将脱落。确实，某些矮橡树有一半壳斗已经空了，上面都留有松鼠的齿痕（因为它们在树上就将橡实从壳斗中取出，只留下边缘被咬掉一点的壳斗），这时可能只有少数橡实落地，而这正是它们喜欢攀爬的高度。

虽然许多树枝的叶已落尽，但这一簇簇长在灰褐色壳斗里的褐色果实，却是毫不显眼，除非你特意寻找。而地上则铺盖着颜色相似的叶子——也就是说，这片铺盖叶子的地面，也呈现和树枝、果实近似的那种灰褐色，而你

可能会掠过一簇簇果实却没注意到。你就这样缓缓走过布满
这种有趣果实的浓密树林，每棵树似乎都比前一棵更美。

你也会看到松鼠把空壳留在岩石和树桩上。

如果你在年轻树林里挖掘橡树的老树桩，即便它们腐朽
殆尽而只留下一个凹洞，而你甚至也未看见貌似朽木或树皮
的痕迹，但你通常都会发现完全开放的通道，从这个凹洞向
外发散，上头还留有根部的薄膜作为墙壁，而大地在百年来，
学会加以尊重。这些坑道全是松鼠和老鼠的地下通道，或许
好几代以来都通往它们的巢穴和粮仓。上方的洞口正是通往
这些地道。确实，每株老树桩即使没有那么老，但对它们来
说可都是一座大都市。树桩上面和周围所有洞穴，几乎都有
果壳或坚果。虽然你在树林里或许看不到一只动物，但在这
许多橡树的根部，都有着大量的橡实果壳。

严密看守榛果的
松鼠

条纹松鼠开始吃榛果是在八月初，大约是传来连枷打谷
声响的时候，你必须在当月二十日后不久，就去采集那些最
为膨大的榛果，这样才采得到。许多人看到榛果盛产，等了
十天才要去采，然后发现树上的榛果就连一打也不剩。

到了八月底，墙边那排满是松鼠的榛树，果实还未全熟

就被它们采光了，地面还散落着褐色果壳。树上剩下的榛果每颗都是坏的，可见它们在过去两周里，忙着爬过每个细枝末端。有谁目睹采集榛果的过程呢？——这是采榛季啊！对条纹松鼠来说，这是个多么忙碌而重要的季节啊！现在，它需要的是一群伙伴。我在那处田野所能发现的每颗被留下来的果实，都是不好的（现在是铁杉的季节）。长在某些常有人走过的小径旁边的树，它们通常不会那么早去采。

当河边的榛树果实已被采完，我偶尔会发现还有几簇悬垂在河面上方，松鼠似乎不愿回去那里采集。我有时会在荆棘或其他灌木里，看到一个鸟巢里装着半满的橡实和榛果外壳，显然是某只老鼠或松鼠留在那里的。

榛果对于松鼠是多么重要啊！榛树长在那些松鼠居住的围墙旁边，有如种在它们门前的橡树，它们不需走远即可采收果实。

这些榛树如今被采收一空，不过，孤立在田野里、远离松鼠走道的那些，仍然充满长着芒刺的果实。围墙之于这些小动物，既是公路，也是堡垒。它们住在墙下的洞穴里而不太受到打扰，并能从任何一侧冒出。同样也受围墙保护的，还有松鼠赖以为生的榛树。

松鼠生活在榛树林里。每棵榛树都有某只松鼠盯着它的果实，而它也必定抢先在你之前采收。因为你只是有时想到，但它却是时时想着。正如我们会说"工具属于使用者"，所以也可以说，"坚果属于采收者"。

我若发现松鼠有种本能，驱使它们经常种下榛果，我也不会感到讶异。

它们懂得不需打开不健康的坚果，或者，它们顶多只需稍加窥探就能得知。我看见某些留在墙上的坚果被啮出一个小洞，这足以表示里头是空的。

我们完全不重视的其他种子也是如此，例如枫树翅果等。的确，几乎每种落地的种子都会被某种动物捡取，成为它们偏爱或特有的食物。它们在那种种子的产季天天忙着采收，少数留下的种子成了例外。每棵树至少会有一只松鼠或一只老鼠——或者更多，因为它们的家族和我们的一样大——无论你觉得那里看起来多么安静，以为没有动物栖身。它们并不会盯着过客看。要是你慢了一点才去找果实，你将发现自己是在捡拾它们剩下的。你会在每棵树底下，甚至在树里，发现好几个它们的洞穴。它们会搜刮整个树林。虽然种子或许极为微小，但那对它们就像坚果一样。而这似乎就是这些种子生来要实现的重要目的之一。这些小动物必须生存；它们这些草食动物若不吃产自土地的果实，那要吃什么呢？

贮存种子的田鼠

遍布美洲树林的白足鼠，被人看到带着橡实和其他种子前往储藏处。你常会发现它们把橡实和坚果塞在岩石裂缝。某年十一月，探勘康科德北部某座旧石灰岩采石场的时候，我在石灰岩炸开处，看到一块直立的岩石裂块边上，有一个为放入炸药而钻设的孔洞，恰与岩面垂直。这处孔洞底端有两三英寸深，离地两英尺半，而我在里头发现两颗新鲜栗子，以及一打以上的野毛扁豆种子、相同数量的冬青种子，还有许多新鲜的小檗种子，全是裸露的种子或没了果肉，混着一点泥土和碎屑。

是谁把那些东西放在那里？松鼠、老鼠、冠蓝鸦或乌鸦？起初，我觉得兽类几乎到不了这个位于岩石垂直面的孔洞，但或许某些强健的兽类可以轻易办到，这真是个很适合储藏货物的空间。我将那些种子全带回家，想查明种类为何，以及如何进到洞里。到了晚上，我仔细检视那些栗子，很怀疑像山雀那么小的鸟儿能否搬得动，我在其中一颗较大的栗子一端，看到一些很细的刮痕，看起来像是某种小动物在搬运时留下的齿痕——必定不是鸟喙造成的，因为鸟喙会直接刺进果壳，然后吸起来。于是，我仔细去找另一排的牙齿刮到何处，但未能发现任何痕迹，因此仍然对此感到疑惑。

然而，一小时后，我用显微镜检视这些刮痕，清楚地看见那些痕迹是由某种像是大头针的尖细切割工具造成，该工具有点内凹，稍微挖进外壳表面，往栗子较大的一端延伸，使得表面隆起。接着，再看下去，我才在同一端发现至少两个由下门牙留下的对应齿痕，全都挖往上门牙齿痕，双方相距约四分之一英寸。这些痕迹用肉眼看很不明显，但在显微镜下却很清楚。我现在确信，那是由某只老鼠的门牙造成的。将这些痕迹和白足鼠的门牙比对（我正好有一副这种骨骸），我发现，其中一两个痕迹正好吻合白足鼠中间两颗相连的门牙，约二十分之一英寸，其他痕迹虽然更细，但可能也是门牙造成的，而且上下颚的自然开合度也相符。这颗栗子的其中一侧，至少刚被叼过一两次。我几乎可以确定这些种子是被某只本地最常见的林鼠——白足鼠放在那里的。

另一颗栗子上头没有齿痕，我猜想是咬着果柄带过去的，而现在果柄已经脱落了。这附近二十竿的范围内，并没有栗子呢。

被置于这个孔洞里的种子，将有助于解释为何栗子树和小檗会长在裂缝或裂口处，那些我们不晓得种子是如何掉进去的地方。在这个小洞里，甚至有足够的泥土能让种子长成一棵小小的植物。

有一天，我看到一株年幼却大株的越橘，健壮地长在被锯断的一段高高的白松树桩上，就从树皮和木头之间的裂缝冒出。我不会怀疑，原先的种子是由某只鸟类或其他动物留在树桩上，然后被吹进这个裂缝。或许，那是从树皮底下长上来的。

亲缘相近的欧洲田鼠会储存橡实、坚果和谷粒等。彭南特说道："野猪以鼻拱土而损害田地，是因为它们要挖掘田鼠的秘密藏身处。"

我从贝尔所写的《英国的四足兽》和劳登那里得知，英国曾在丁恩森林和新森林进行大规模的橡实种植实验，却因短尾田鼠从洞里取走橡实，造成很大的损失，更严重的是，它们还会咬断发芽长出的植株。

他们在广达三千二百英亩的森林里到处挖洞，来捕捉这些掠夺者。那些坑洞的周边平滑，而且底部宽度比开口大，田鼠一旦掉进去就爬不出来。一个坑洞一个晚上就可以捕获多达十五只田鼠。毕林顿先生说："我们很快就（在丁恩森林）捉到多达三万只，并按数量付钱，有两人被派去统计，并看着它们被埋或被杀，以防欺骗。"还有许多田鼠是在落入洞里后死于其他原因，或是被鸟兽所杀。据贝尔所述，估计有超过二十万只田鼠在这两处森林遭到各种方式的杀害。另外，水栖的麝田鼠也会吃橡实，因此也能帮忙传播橡树果实，尤其是生长在沼泽的双色栎。

功不可没的
鸟儿

鸟类也参与了种子的传播。圣皮耶说："摩鹿加群岛有种鸟类，让其中几座荒芜的岛屿重新长满肉豆蔻，即便荷兰人努力在各处摧毁那些无法为其带来商业利益的肉豆蔻。"

鸦科鸟类，如喜鹊、乌鸦和渡鸦等，会将食物与其他物品藏在洞里，这种行为自古就广为人知。希腊哲学家泰奥弗拉斯托斯在公元前四世纪写成的《植物起源》中，谈到喜鹊和其他鸟类会将挖到的橡实藏起来。普林尼也说，寒鸦"会将植物种子藏在作为仓库的洞里"，可能造成一棵树在另一棵树上长出来，从而启发出嫁接技术。

在英国，松鸦又被称作"橡实鸦"。而我们经常在橡树等树木的树皮裂缝看到向外突出的橡实，这些牢牢卡着的橡实，无疑是冠蓝鸦、山雀或鸫等鸟类放置的，它们将橡实固定住，再用喙将橡实敲开。至于树林中，散落在树根周围的那些橡实外壳，我们通常认为那是松鼠所留下的，但或许有些是在鸟儿啄食时从裂缝掉下来的。我有时也会从啄木鸟在挺直树干啄出的浅洞里，发现有两三颗橡实藏在里面。我多次在本地最阴暗、最偏远的树林中——距离最近的田地至少有半英里（有时多达一英里）——发现玉米粒被藏在树皮裂隙、地衣的后方，或是其他的裂缝里，这些或许是由冠蓝鸦所藏的。

第一部　种子的传播

某位邻人告诉我，他在这个冬天用玉米将冠蓝鸦引诱到家门前，期望能改变它们的习惯。但他惊讶地看见，某只冠蓝鸦在啄取玉米一会儿后，飞到邻近的树上，一连将多达一打的玉米粒存放在不同的裂缝里，再回来啄取更多玉米。这显示它们能一次带上多粒玉米而不吞下。

我也看过乌鸦运送橡实。我见到一大群乌鸦在一株兀立山顶的白橡树上忙上忙下，于是走了过去，发现若干橡实和壳斗完全分离，果肉被吃掉一半，除此之外，地上还留着又大又重的双色栎的壳斗——距离最近的双色栎位于过了河的四分之一英里外。它们也在冬天摘取同种类的橡实、运送相同距离，并在飞降其他树木之后，将外壳丢在底下的雪地上。不过我猜，它们在树上找到的食物种类，属于动物的要比属于植物的多。

鸽子很依赖橡实这种食物，并能吞下一整颗，因此偶尔可以帮忙传播橡实。它们乐于食用春天里留在地上的半腐坏的橡实。伊夫林说："我听说，在欧鸽嗉囊里发现的幼嫩小橡实很美味。"

而且，有位捕兽师告诉我，他曾在钢制陷阱里放入橡实当饵，一次就在水下捉到七只林鸳鸯。它们下水探取橡实，结果被夹住脖子。

确实，想要确认橡实会在多短的时间内被兽类和鸟类采收，你只需要跟它们竞争一季，就会晓得你得要多么机敏才行。大部分的果实很快就被采走了。

地球表面
布满了种子

不仅是动物如此全面追求树木的果实，据圣皮耶所述，在某些情况下，果实也会追求动物——或者在半路迎接它们。他说："笨重的椰子从椰子树上落下，会在地面造成广泛的回响。阿勃勒的黑色果荚，在成熟后被风吹动，相互碰撞，就会发出类似磨坊滴答响的声音。当安的列斯群岛上格尼帕树的灰色果实从树上熟落，就会弹到地面，发出手枪射击般的声响。当然，一收到这个信号，访客们便接二连三地前来赴宴。格尼帕树果实似乎专供陆蟹享用，陆蟹很爱吃这种食物，很快就因此长肥。"

动物的这一切活动，以及运送种子的各种自然力，使得地球表面几乎布满了种子或各种幼苗活跃的根，而在某些情况下，或许有些从地下深处挖掘出的种子，仍然保有生命力。这片大地本身即为谷仓，也是温床，难怪有人将地表看作一个庞大生物的表皮。

大自然为土地撒满了种子，因此我注意到，每当旅人离开既有的大道，走出一条全新的短短小径，小径中间狭长的裸露地面，很快就会覆满小树林。

第十章

北美油松与白松的接力赛

松树一被砍倒，就无法从根部再度生长。希罗多德曾说："克罗伊斯派人命令蓝普撒西尼人释放米太亚德；扬言若是不从，就要如同摧毁松树那样摧毁他们。蓝普撒西尼人不确定要如何理解克罗伊斯用来威胁的谚言，不懂何谓他会把他们像松树一样摧毁，最终，经过一些困难，一位耆老才发现其意，并说出真相，亦即，在所有树种之中，只有松树一被砍倒就不会长出新枝，只能整株死去。"所以，松树仅有一种自然繁殖方式，那就是经由种子。

北美油松是白松的
先锋部队

我们知道，极少数的年轻橡树和栗树（或许还有山核桃树）需要较高大植物的庇护；然而，另一方面，年轻的北美油松和白松要在空旷且阳光充足之处才能茁壮。长在树林里的松树，其下层枝叶总是死去，只剩下绿色的尖顶，这显示松树多么仰赖阳光和空气。松树若是生在浓密的树林里，就会长得瘦高；生在树林边缘或空地，就会长得粗壮而开展。

比起北美油松，白松受树荫影响的程度较小。我们经常能在成熟的松树林底下，看见一丛丛的小白松，而且确实有很多人从这种地方取得瘦弱的小白松来移植，但你鲜少在那里看到小北美油松。北美油松显然需要更多的阳光和空气。

我曾经走过一片颇为浓密的北美油松林，里头只有几株长到能结籽的白松，所以此处产出的北美油松和白松种子，比例为超过一千比一，我很惊讶这片北美油松林底下冒出无数小白松（还有许多小橡树），但小北美油松却极少，甚至几乎没有，而且又瘦又病。白松幼苗和北美油松幼苗之比至少是一千比一，和成树的比例差不多，只是颠倒了过来。

我再次检视一座树龄约有三十年的北美油松密林，宽度约为十二竿，长度则为宽度的三四倍，往东西向延伸。占整座树林四分之一的西侧部分，没有一棵能结籽的白松，但里头却有数千株小白松，但几乎不见北美油松幼苗。一如往常，这里也遍布微小的橡树苗。我不需找得太远，就能确定那几株白松就是源头。

简言之，原则就是——虽然这看起来有点奇怪——在浓密的北美油松林里你找不到几株小北美油松，不过，即便这座树林里没有能结籽的白松，你还是可以找到大量小白松。

我曾为此去检视十七座坐落在这附近的北美油松林，在其中十三座松树林里，上述原则获得证实。在另外三座松树林里，小北美油松和小白松的数量相当，但这显然是因为那些树林比较稀疏。只有一座是明确例外，不过我只察看了那座林子的一端。

我曾在这些北美油松林底下取得数百株小白松来移植，某人告诉我，去年夏天他想找一百株小白松来种在自家周围，结果最后在自己的北美油松林找齐，而他还能在那里取得更多。如果北美油松长得不是太高、太密，白松就能在其间冒出，但北美油松却不常在白松底下成长起来。现在如此，两三年前亦然。比方说，我知道某处山坡，从当地残干的年轮判断，那里曾有一座北美油松密林，而在三四十年后，则是大量白松在其间冒出。

因此，如果你砍掉北美油松，接着就会得到一座白松林，而且往往会是一座颇为茂密的树林，间或夹杂一些橡树。这种做法相当普遍。比方说，我在去年秋天检视一座树龄约三十五年的北美油松林，这座松林有一部分在前一个冬天被砍。地主砍掉所有北美油松，却费心留下白松，这些白松如今平均有五到八英尺高，并已形成一片颇为浓密的林子——是一片很有价值的林地。不过，这片小树林里只有三四棵小松树已到能结籽的年龄，或和北美油松一样高大。这些白松已经像原先的北美油松林一样茂密，因此，至少省下八到十年时间。

完全相同的事情，也在上述十三处林地之中的三处被实行。地主虽然利用了白松的这个习性，却不知此为其习性。的确，在某些个案里，这些白松有机会在最终自力取代北美油松，它们长得又好又稳健。因此，正如松树常为橡树做先锋，北美油松在某种程度上亦为白松的先锋。白松接替北美油松而起的例子很多，但我不知道曾有北美油松接替过白松。

酷爱阳光的
北美油松

虽然小北美油松在北美油松密林底下比较稀少，但你总会发现它们大量生长在树林边缘的开阔侧。虽然，在树林里，小白松和小北美油松的比例或许是一百比一，但通常在树林的开阔边缘，这项比例会倒过来，你会在那里发现小北美油松和小白松之比为一百比一，北美油松真的很爱阳光。

会迅速往草地扩展的主要是小北美油松，它们或许已将树林的面积向草地推展好几竿。这种扩展完全不会侵入相邻的树林，只会进入开阔地。

我勘查过某座人造白松林，那是一片宽为六竿的狭长林带，大约植于二十五年前，而北美油松的种子被风吹过林间，在白松林外空地大量冒出。不过，没有一株小北美油松，也没有一株小白松在白松林底下冒出。

当一座北美油松林被砍伐，原先围绕在北美油松林边缘开阔侧的小北美油松会继续成长，而在某种程度上代表了原先的树林。我经常看到，在一大片北美油松林刚被砍掉的地方，没有留下任何一株同种松树；然而，在某侧的开阔草地上，却有一片自那些北美油松传播出去的小树林。简言之，这就是北美油松常见的散播方式。

在我对本地林地的分类里，土地经过开垦或清理的时间，如果久到足以扼杀所有的树根，之后再长出来的树林就称作新生林，不过现在长出来的林木种类，可能和土地刚被弃置时就长出的树木并不相同。碰巧的是，我所记得的新生林几乎全是松树林或桦树林（至于枫树，我并未特别注意）。这两种树也会长在从未开垦的土地和林地。

在原无树木之地冒出的树林，主要是松树林、桦树林和枫树林；因此你会看到林木之间有些地方在数年内仍是草地。然而，没人见过成群的橡树这样冒出后，中间还夹着旧草地。橡树会形成萌芽林地，或是生长在刚被砍掉的松树林残根之间。

我猜想，本地最纯的松树林都是最近才从开阔地冒出的。而且，通常在本地树林里松树最盛之处，在当年松树冒出之时，土地应是最为裸露空旷。

你经常可以看到北美油松、白松和桦树逐渐长满一片草地，而当这些树木长到十二至十五岁，矮橡树和其他橡树便开始出现，逐渐包围苹果树、围墙和篱笆，从而改变该区域的全貌。这些树并非均匀覆盖整个地面，而是按照它们所顺从的自然法则而逐渐群聚。你或许记得，十五年前这片草地上没有一株林木，也没有一颗发芽的林木种子，如今这里已是一片十英尺高的浓密树林。原先的牛路、冬天供你滑雪的洼谷，还有岩石，很快就被包围，成了兔子走道，以及林间的凹地和石块。

如我所说，这种现象以北美油松最为明显。如果你从山顶俯瞰我们的森林，通常会发现白松分布最广，常与橡树等树种形成混生林，而且经常长成直线或蜿蜒的曲线（可能是在山脊上、森林里，偶尔也会扩展成一片密林），还有森林勘查员提到他们曾在缅因的原始林看过白松。白松也比北美油松更常长在未经开垦改变的低地。

生着短硬针叶的北美油松，经常占据地衣繁茂的旱地、旷野或矮丘边缘，这些地方往往原为旧谷田或草地。北美油松独占这些区域，最具优势，因为橡树等树种的新生苗，在这样的环境没有机会长大。

即便你走进最密的北美油松林，还是能在林木底下看出草地的痕迹：地面平顺、扎实，类似草皮，落叶不多，形成的叶泥更少；到处都是一片片绿色苔藓和灰白的山石蕊地衣；可能是已在腐烂的桦树（我认为桦树不会出现在老树林）；或许是一棵老苹果树；有时你甚至能用脚感觉到旧时草地上的牛径，即便你没能用眼睛看出来。在几座这样的新生林里（北美油松林和桦树林都有），我见到从前的玉米田垄依然非常明显，而在这附近的某些林子里，那些田垄是我们的印第安前辈所造。简言之，我不晓得有哪座浓密的北美油松林不是从开阔地长出来的，我已检视本镇超过四十座这样的松树林，并能加以列举。

我还曾在树林里检视过一座北美油松新生林的原址——那座北美油松林在十二到十五年前被砍伐，而其树桩仍可见于继之而起的矮橡树和其他树林之间。我一看到那群树桩就推论，该座树林起自一片开阔地，但我很快就发现一项证据，显示这里确实曾有这么一片新生林——如同从其所出、而仍矗立于北侧的那座树林——亦即，沿着树林较低侧的边缘，也就是陡坡的起点，那里虽然是在树林之中，却有许多成堆的石头，都是从先前耕作的地方翻落堤边而来。

我迄今看过长在非裸露地的最浓密松树林，是某次看到松树跟着矮橡树及各种橡树、桦树，一起大量来到北美油松被砍掉的地方。然而，我并不为此惊讶，因为那里的土壤极为多沙且贫瘠，最初旺盛生长的矮橡树因此未能长满整片地方，所以来自几株残余北美油松的种子仍能成长。

所以，一片林地在被砍伐后，无论因为何故（有时是因为霜害或大火）而保持裸露多年或变成草地，北美油松和白松就可能在那里长成浓密的树林。

人们自然会问："那么北美油松在白人到来之前生长于何处——如果当时确实有浓密的北美油松林存在？是谁清理土地而让其幼苗生长？北美油松如今是否成了一种更为普遍的树种，因为它们更能因应农耕活动并维持自身领域？"

人们通常认为北美油松长在极为贫瘠而多沙的土壤。"北美油松平原"这种说法即为这类土壤的别称。这不就是林奈的"第十六种土壤"吗？然而，我们发现北美油松也会长在土质最好的土地上。这种树在沙地和林泽都能生长，而其大多长在沙地的现象，所证明的不是它们偏爱这类地点，而是被其他树种从较好的土地排挤出来。北美油松平原并非只长北美油松，因为当你砍掉松树，橡树可能就会继之而起。

谁晓得是不是发生大火或印第安人焚林烧荒才造就这么多裸露的平地，进而导致这些树木出现在那里？我们知道，他们不仅年年焚烧森林以利狩猎，还定期清空大片土地以供耕作，这些土地通常都很平坦，而且土质松软，让他们能以原始工具来翻土。一旦这种浅薄土壤的肥力耗竭，他们就会

另外再找一块地。

　　本镇的这种土地，就是印第安人广泛开垦之处，在这些地方最容易看见其遗迹。印第安人不会开垦枫树林泽占据的土地，但我们会，而且他们也不会开垦遍布橡树林的山丘和接连着的谷地。就我所知，在前述那种地区被印第安原住民舍弃后，没有哪个树种要比北美油松更快遍布其上，其次才是桦树和白松。由此可见，北美油松通常不会在树林里大量冒出，但会把握任何林木稀疏的地方或空地，而我们在树林里看到的高大北美油松大多与树林同龄，是跟着树林一起长起来的。因此，我推测北美油松通常不会在橡树林被砍掉后继之而起，或者说，不会立刻如此。不过，若有任何原因让那片土地保持裸露且开阔，北美油松就会逐渐生长占据。

取代橡树的
白松

　　同样的，在开阔且阳光充足的草地上的年轻白松，长得最为粗壮，这是所有挖掘松树来移植的人都知道的。这些年轻白松也像北美油松一样略带黄色，透露出所受的日照。你很容易就能从白松的密度、颜色和粗壮程度，看出曝晒日照的多寡。然而，不同于北美油松，白松经常在树林里冒出，而且在林木浓密处就算长得不好，还是能够存活——只是样貌会大不相同。在北美油松密林里，白松幼株的数量远多过北美油松幼株，即便里头可能没有几株会结籽的白松。但我还猜测，在这种松树林里的白松幼株，也会比在相同密度的白松林里还多，即便有大量的种子产于白松林。然而，我只检视过三处浓密的白松林——惠勒家以外人工林、塔贝尔家沼泽的密生林和布拉德冷洞旁边的那座——这显示北美油松作为白松的防护树，在庇护和遮阴之外，一定还提供了其他胜过白松的优势，因为庇护和遮阴是两者都常有的。

我曾谈到，北美油松老林里的北美油松幼株，只有长在树林边缘和林间空地才会茁壮，这一点也适用于白松林里的白松幼株，只是没那么明显。在一座白松密林底下，你看不到几株白松小树，但有许多小树长在树林边缘和林间空地。

比方说，我曾检视过的布拉德冷洞旁的白松林。在六年之内，其北侧一竿范围内，出现一片极为开阔的草地，而今，虽然围篱已被移除，但整片土地的发展情况和历史，还是可以清楚地从白松的生长和外观看出来。一边是浓密的松树林，底下没有任何小松树；而在只隔了一竿的另一边，仅有两三英尺高的健壮小松树形成一片浓密的灌丛，并在面向树林的这一侧连一道完美的直线，显示那为围篱原先矗立之处，就像测量员能找到的那样。然而，围篱北侧的那些松树似乎不曾受到牛群以外的干扰！

在另一个例子里，有条马路从一大片树林（主要是白松）旁边平行通过，靠近树林的那一侧没有围篱。我发现树林浓密处并无任何白松幼株；但在一竿外、马路的另一边，围篱底下却紧紧长了一排白松幼株，一连好几竿都遮住了围篱的下半截，但它们受到农耕阻止，而不能进一步传播延伸。在马尔伯勒路上，我看到许多白松幼株沿着一座浓密橡树林的边缘而生，但林中几乎连一棵也没有，因为白松也需要阳光和空气，只是需求不像北美油松那么高。

不过，正如我说过的，在一片白松林里，只要是较为开阔的地方，无论其成因为何，都能见到大量白松幼株冒出来；虽然它们比较瘦弱，但大多都能长大成树。白松幼株会长在白松林里较为开阔的地方，尤其是洼地——甚至会长在树下，只不过会长得瘦弱——正好跟成荫松树的密度成反比。然而，大树长得很密的地方完全长不出幼株。所以，白松也会在任何种类树林里较开阔的部分发芽冒出，比方说，有遭到些微砍伐过的地方。

我也在一座年轻橡树林里，看到白松大量冒出，而且显然要比那些橡树至少小了六岁。看来种子是从好一段距离外吹来的。

我经常在没被其他树种在几年内占满的萌芽林地内，看到白松冒了出来。因此，广大而浓密的白松纯林，在这镇上远不及同样大小、密度的北美油松林常见。白松林里头往往都有橡树。

我在去年秋季造访附近三座最老的橡树林（魏德比、布拉德和茵奇斯），那三座树林不曾被完全砍除过，我在这几处看到白松如何自然地接替橡树，进入并不特别浓密或稀疏的原始林里。

在魏德比的橡树林，许多修长的白松零散地长在林子里，全部在树荫底下，不过只有一棵是大树。

在布拉德的橡树林，许多约二十岁大的白松遍布整片林地，而我确信，如果不加干扰，这里在一百年内会变得比较像一座白松林，而非橡树林。

在茵奇斯，我也注意到许多二十英尺以上、大小不一的年轻白松，长在较为开阔或橡树较稀的地方和谷地；不过，那里确实有几处大片的高大白松林和松橡混生林，尤其是在山丘上。那些较小的白松长得不够高，从远处或山坡上看不到。它们现在除了在空旷地带，长得并不茂密，而是每隔两三竿零星长出，长得瘦高而不起眼。如果橡树被砍掉，这里很快就会出现一座浓密的白松林。看样子，自然演替正在迅速进行。你偶尔看到一棵庞大的老橡树倒卧而腐坏，而其原本的生长位置显然是由松树填补，而非橡树。如果完全不加干涉，现为橡树林的这个地方，将会变成一座白松林。

由此，我们看到一座原始的橡树林如何逐渐从橡树林转变为松树林，当橡树逐渐相继老死腐朽，取而代之的不是橡树，而是松树。或许这就是自然演替发生的方式。在松橡混生林下的开阔处，橡树苗不像松树苗那么容易冒出，因此，当橡树腐坏后，取而代之的会是松树，而非橡树。

在这三座老橡树林里，我看到一场自然演替已然展开，白松正要取代橡树。无论如何，在这三座老橡林，要是橡树被砍伐，不会有新苗从残根发出。只有靠种子才能再长出一座树林，而新的树林种类将不同于旧的树林。如果地主打算除掉橡树，就该细心照料那里的松树成长，既然那些松树已如此主动地前来。

混生林的
诞生

我们已看到白松经常接替北美油松而生，就像橡树普遍接替松树那样。白松也会接替白松，这会发生在略为开阔并因此包含大量小白松的白松林被砍掉之后，不过，在这种情况下，会有橡树混杂其中，除非那些小松树既茂密又成熟。如果白松已在橡树林底下茂密生长，也能接替橡树成长，这种情况主要发生在无法发出新芽的老橡树林里。白松能在橡树林一被砍掉，土地变得裸露时就冒出来，但这取决于环境。

比方说，我在去年秋天检视一小片大约十二竿见方的萌芽林地，原有的大型松树和橡树已在前一个冬天被砍掉。那些林木看来约有三分之二为白松、三分之一为橡树。就在裸露地上，我立即发现二十几株一英寸高的当年发芽的白松苗，却未发现任何一株同龄的橡树苗。根据我的观察，白松和白橡每隔数年才有一次大量结籽，而在过去六年间，两者从未在同年丰产。先前那年，白松结籽极多，却几乎不见任何白橡种子。

由此可见，继之而起的森林种类，主要取决于在原先森林被砍的前一年里，哪种树的种子最多产。如果一座树林被砍掉，而那片土地在先前四五年都一直保持相同状态，那么白松就不会以这种方式冒出，因为那里不会有种子。总有一天，地主会在砍掉林地前考虑这些事情。

随着时间的流逝，白松也能取代老橡树林。

混生林的产生有许多方式。虽然橡树苗终将死于茂密的松树林底下，但在松树林里的稀疏处和林间空地，或在松树林边缘，橡树苗却能迅速抽高、长成大树。或者当你疏伐松树林，原本会走上死亡之路的橡树，就会到处冒出；而当你疏伐橡树林，里头的松树苗同样会长成。如果松树小且间隔大，那么被带来松树林里的橡实确实会比较少，但能长大成树的却会较多。

一座树高十到二十英尺的松桦枫橡混生林，在被大火烧遍后，硬木树会迅速从根部再次蹿起，并在几年内长到原先混生林的高度。或者，如果按照自然进展，大火并未发生，那么土壤的肥力最终就会消耗殆尽，变得不适合松树生长。然而，橡树总是随时准备好，要利用松树任何一丝的衰弱和退让。

在一座大而稀疏的白松林底下，你常会看到数千株小白松，还有许多小橡树苗——你将因此得到一座混生林。橡树一旦站稳脚步，除非整地，否则很难除去。然而，在一座浓密的松树林之后，你较可能得到的大多是橡树。借由砍光并清除整片浓密的纯松树林，你将可以获得一座纯橡树林，而该座纯橡树林在被砍掉后，还可以由从残根发出的萌蘖苗继起。

松树持续偷偷闯进橡树林，而橡树也持续闯进松树林，当松树林和橡树林都不是太浓密，抑或都被焚烧或以其他方式疏开，混生林就会因此出现。当一座北美油松林被砍掉，留下已在底下冒出的小白松，此时小白松往往会和许多小橡树、小桦树等混生在一起，尤其是在小白松长得不是太高、太密的地方，之后这里就会成为一座混生林。在北美油松被砍多年后，如果橡树和桦树等仍未长满整片贫瘠的土地，那么北美油松就可能重新回来与其混合生长。如果你希望一座浓密的纯橡树林老去后，接替生长的还能是橡树，那你几乎就得完全仰赖残根发出的萌蘖苗。如果你砍掉一座浓密的松橡混生林，而里面没有小松树长出，那么一座纯由橡树残根生长构成的树林，就会继之而起。

第十一章

残根间的林地史

由于拥有带翅种子的树种和那些拥有不带翅种子的树种，是以不同方式传播——前者有时全被吹往一个方向，后者则由动物不规则地传播——因此我发现，前者（松树、白桦、红枫、赤杨等）往往长成一片约略匀称的圆形、椭圆形或锥形，一如种子落地时的分布状态；而橡树、栗树和山核桃树等所形成的树林，无论是纯种林或混生林，都有着不规则的形状——除非它们是被散播在未受干扰的松树林，才会承袭其椭圆或锥形的形状。

以这座六岁大的年轻白松林为例，这座树林是在毗邻橡松混生林的草地上冒出，它的树林形状为半月形，其直径落在那座老树林上，面向一棵大白松矗立之处。的确，大多数这样的树林早就被我们的犁头和围篱切直；在此意义上，我们每天都以粗鲁行径做着化圆为方的事情，无论我们在数学上如何计算。这些白松种子往往将以类似方式落在一片橡树萌芽林地，甚至一片老树林。的确，站在山顶望去，我想我能从远方认出松橡混生林里头，这些宽达十二竿以上、略成圆形而规则状的成片松树——根据木材勘探员所述，缅因森林的白松长成"矿脉状"和"聚落状"——而最常填满其间那些不规则空间和缝隙的则是橡树，不过橡树本身也会占据广阔的空间。

巧合的是，比起落叶树，松树不仅本身的树型，就连球果外形也呈现较为规则而完整的圆锥形，而且松树形成的树林也是这个形状。在本地有人居住的地方，新的松树群落——从某个较老松树群落吹来的种子萌发而成——往往要比其出生的树林年轻许多，这是因为地主会接连砍掉或犁除数批的松树或松子，之后才会让大自然行其所是。在自然情况下，松树的传播较为稳健，而不会突然衰微。至少，在天然林里，通常只有大火、昆虫或枯萎病干扰森林的规律进展，而没有斧犁和牛群。

我们的林地当然也有历史，而我们往往能追寻出百年前的样貌，只是我们没那么做。一小片松树林可能有一边或一半呈现我刚才描述的椭圆形，而在另一边全被围篱截直。然而，要是我们能更关注本地林地的历史，我们对林地的管理，就可以更加明智。

攻城略地的
森林之争

　　今天我在罗陵家林地的边缘——他的矮橡树在此邻接某位邻人小而浓密的北美油松——发现一条非常笔直而清楚的分界线，没有任何一株矮橡树或松树越界。有一片松树林曾经矗立在目前橡树林所在处，当年与其相接的是一片旷野，后来长出年轻的松树。我为林地划界时，经常能够利用这种明显的分界线准确找到路线，而分界线上并无围篱对应地图上的某条线。有一次，我在观察了十竿范围后，竟能划出八十竿的界线。

　　许多人的田地边缘都长着浓密的北美油松，它们来自当年邻接着田地的北美油松林，只是那些树林如今都已变成硬木树林。

　　十月中旬的一天下午，我走过本镇外围的田野，远远看到一片年约二十岁的橡树林地，它的整个南侧边缘，环绕着一道狭窄的北美油松林，那道边缘很直，宽度约为一竿半，树龄为二十五到三十岁，这道北美油松林旁边则是一片开阔的田野或草地。这呈现一种很特殊的景象，因为这座橡树林很宽广，其间又无松树，但那道狭窄的边缘却是极为笔直、浓密，而且纯为松树，因此从那一面看去，会以为这是一座松树林。从旁边看去，两者的分别在这季节格外明显，因为橡树全是红色和黄色，而松树则是绿色。我还没走到树林里，就已了解整片林地，并轻易读懂了它的历史。

如我所预期的，我发现了有一道围篱将松树和橡树隔开，而两者分属不同地主。

如我所料，我也发现在十八到二十年前，有座松树林矗立在那片橡树林的所在地，后来松树林被砍掉，因为地上可见大量松树桩。然而，在那些松树被砍掉前，它们的种子早已吹进邻人的田地，因此小松树就沿着田地边缘冒出；这些小松树长得如此茂密而迅速，使得这位邻人最终放弃在这一竿半的范围加以犁除或砍除。此外，虽然这些松树之间并未夹杂任何能结实的橡树，但就连这片狭长土地也一如往常地长满未满一英尺的小树苗。

这就是附近无数块林地的历史，即使是更宽广的森林亦是如此。然而，我要问的是，如果邻人让这片狭长林带成长起来，那么他为何不让松树布满整片田野呢？当他最终看到那些松树长大，难道不会后悔吗？或者，为何要这么依赖邻家树林吹来的种子或指望机遇呢？何不更加掌控我们自己的树林和命运呢？

许多这样的森林几何难题正待解决。比方说，当天午后，几乎就在上述林地放眼可见之处，我在更久远的森林历史里，读到一段更为曲折的故事。

穿越一片瘠地后，我来到一条由浓密的北美油松和白松形成的绿带，长三四十竿，宽约四竿，树龄为三十年。这条绿带的东侧毗连一片广阔的红橡和黄橡混生林。而在西侧，就在那些松树和一片极为开阔、甫经耕作的田野之间，是一条三竿宽的狭长树林，四到十英尺高的白松和北美油松在此

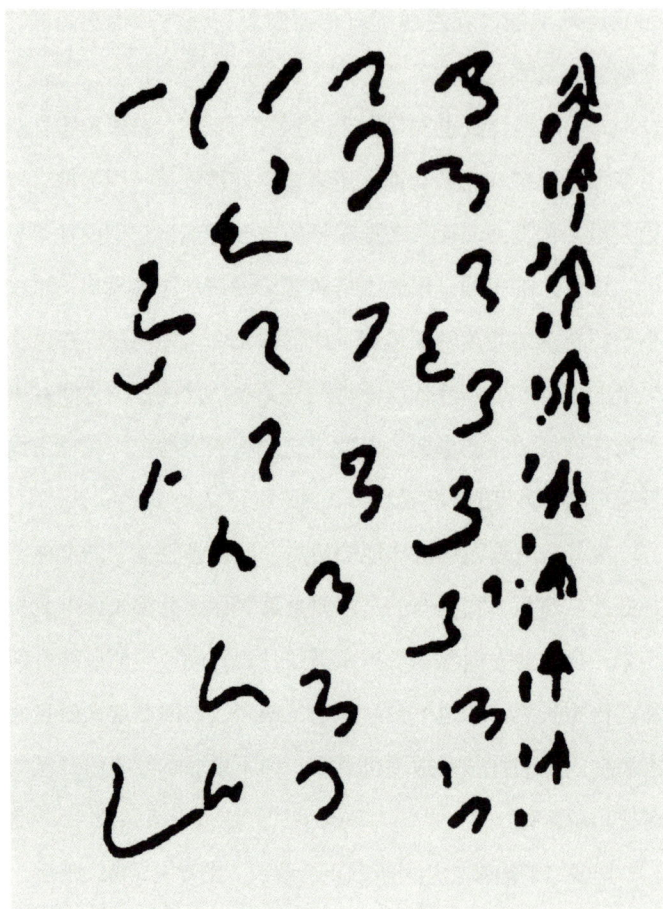

梭罗手绘图，左半部为一片橡树林，右边环绕着狭窄的北美油松林，松林的边缘非常笔直

从草地冒了出来，我起初没能分辨出这片松树林和旁边的老松树林是不同的。

有了这些数据，就可以用来寻找围墙。如果你稍做思考，那么不用我告诉你，你也会知道围墙位于大松树林和橡树之间。

十五年前，有一座广大的松树林，就坐落在橡树林现今所在处，围墙西边是一片属于另一人的开阔旷野，然而，不久之后，那些松树的种子被吹过墙去，在那片开阔地上长得很好，因此长成了四竿宽的范围，或者说，那些小松树捍卫了自身，而将旷野逼退。

十五年前，那座老松树林被地主砍伐，但他的邻居当时并未砍伐自家那座较为年轻的松树林。这座松树林如今已有三十岁，而且好几年来都努力向旁边的开阔地扩展，就像它们的母树所做的那样。然而，那位地主长久以来都没发现这项暗示，对于他的利益视而不见，只是如我所见的，一路犁田耕作到树林边缘，所有的辛劳只为了一些豆子。然而，那些松树虽非由他所种，却在他入睡时成长；直到在某年春季，他才放弃这场竞争，终于决定不再犁耕松树林三竿内的范围，那些小松树因此茂盛了起来，拥有光明的前途。地主决定不再自讨苦吃了，别再去管最后疆界以外的土地，因此才有了这第二条长着小松树的土地。要是他先前允许松树成长的话，那些小松树原本可以覆盖他那片贫瘠田野的一半，甚至是全部。

细查这片松树林后，我发现幼松占据的那片狭长地带，每株间隔仍大，包含一些白桦幼株、许多香蕨木和薄薄的裸露草地，但橡树苗极少，而且非常小。至于那片大松树占据的土地，则包含数不清的橡树苗——包括白橡、红橡、黑橡和矮橡，以及两种小松树，一些野樱桃、白桦，还有一些榛树和高丛蓝莓。正当松树种子从这片狭长边缘吹进

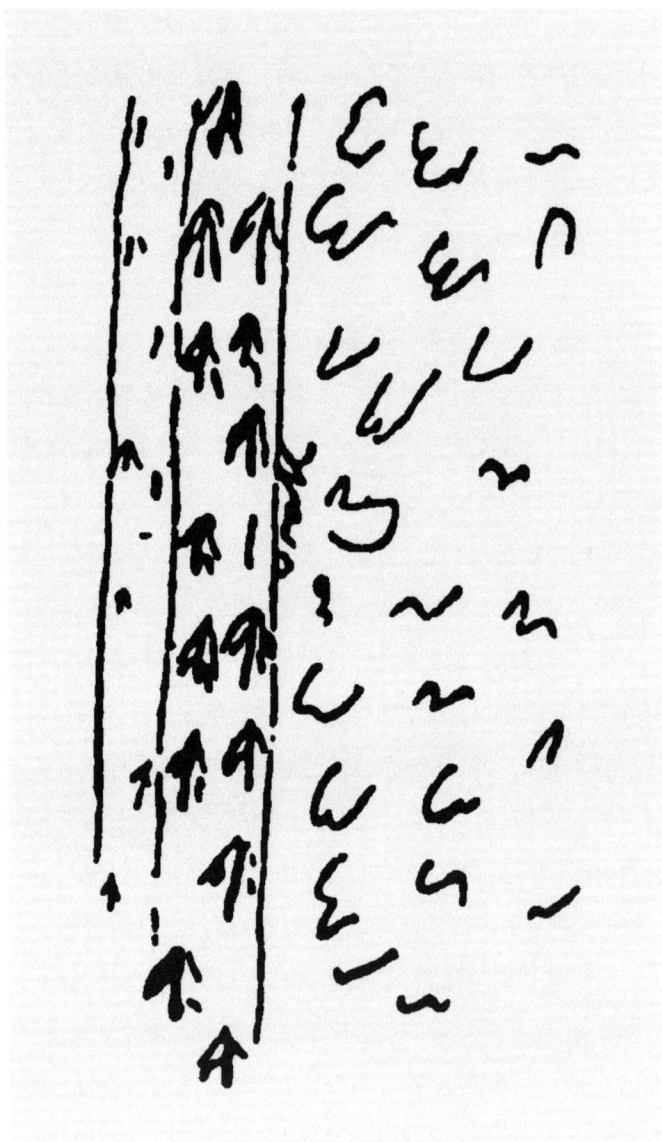

梭罗手绘图，最右边为广大的橡树林，中间为四竿宽的三十年松树林，
左边为三竿宽的小松树林

草地，动物也将橡实种在松树林底下。即便是像这片小之又小的松树林，只要长得浓密，就具备一切条件。

于是，这座双重树林一路攻占新（或旧）土地。松树用风之翼将孩子送出，而来自后方橡树林的幼苗，也已在松树底下立足，准备要取代它们。松树是先锋部队，与站在自己前方的孩子并肩抵挡敌火，而小橡树则蹲在它们之间和之后。松树是开拓者，而橡树林则是长久的定居者，买下他人开垦改善过的土地。如我所述，总会有两三棵松树迅速冲过四分之一英里进入平原，那是它们最爱的战场，它们利用很少的遮蔽物，像是岩石或围篱，在那里挖沟围土，建立自己的地位，而你能透过望远镜，看到它们有如羽毛的松叶在那里摇曳着。或者，如同我们所见的，它们不用桥梁就能越过一条大河，然后就像法国的佐阿夫轻装步兵那般，迅速爬上一座陡峭的山丘，将它永久占领，无畏暑热或酷寒。

松树最早跨出，步伐也最大；橡树则在后头小心前进。在此，松树是轻装步兵，为大军提供斥候和侦察；橡树则是掷弹兵，脚步稳重而强壮，形成坚实的方阵。

地质学家告诉我们，松树要比橡树古老，因为松树的演化位阶较低。

即便是在这座又暗又密的三十岁松树林底下，仍有一片宽为十英尺、颇为浓密的蓝莓和越橘的灌丛紧邻墙边（这里还有从田野抛弃的石头），这是此地尚为旷野之时，那片更浓密、更大的灌丛遗留下来的。农人至此被击退三次：第一次是被蓝莓树篱、第二次是被三十年前的松树，而第三次则是被发源自那座老松林的年轻松树。如此，他被迫收下一片林地；然而，或许他会说那是他自己一手所造的。

在这半英里之内，碰巧有两位地主做了完全相同的事，他们勉强收下了一片林地。而我确信，以半英里为直径的范围里，还有更多类似的个案。

但关于刚刚提到的林地，我还没说完呢。

康科德的森林史

几天后，我更仔细检视那座围墙以东的年轻橡树林，发现树桩并非只有约十五年前橡树冒出时被砍的松树（当

时的树龄为四十岁，从其年轮清楚可见），令我惊讶的是，还有许多现已腐朽的树桩，属于一座在五六十年前被砍掉的老橡树林。因此，我认出了三次林木演替，或者说五个世代——第一代，五六十年前的老橡树；第二代，继之而起，并于十五年前被砍掉的松树；第三代，围墙以西，现年三十岁的松树，起自第二代林木的种子；第四代，第三代林木以西的带状年轻松树林；第五代，年轻松树林底下的橡树苗。

我经常在我们的森林里发现大量于本世纪初或上世纪末遭到砍伐的橡树树桩，演替过程中的第三代森林，则包含着那些树桩，并在它们上方摇曳着。无疑，我们能在许多地方看到在白人到来以前矗立此地的树木，或者说，至少可以见到树桩，而在这个情况下，我们要比地质学家多了一项优势，因为我们不只可以发现事件的顺序，而且往往也能借着数算树桩上的年轮，来查明事件经过的时间。

如此，你就能展开一部写着康科德森林历史的腐朽莎草纸卷。

我经常见到一座年长而高大的松树林，矗立在一片较年轻却更广大的橡树林中间，那座松树林原先占据整片土地，但由于林主不同，或其他原因，而未被砍伐，如今只留下这些残存部分。

有时我也会在半英里外又见到同龄的松树，两者中间的松树已在三四十年前被砍掉，而由橡树取代；或是在远处发现松树的次生林——尤其是在不属于橡树林主的土地上，这些松树小了一个辈分，源自先前长在现今橡树林地的松树。在祖父辈的年代，或许四分之三英里内全以橡树或松树为主，但如今，因为约翰、莎莉或乔纳这些继承者的需要和想法，打乱了林地的一致性，使得松树和橡树交替出现。

在每年的这个时节，当每片叶子都染上独特的颜色，大自然就清楚印下这段历史——就像一部图解史书——我们从远处就能读取。每棵散落在松树林间的橡树、山核桃、桦树和白杨树，都向一英里外的你讲述自己的故事，你不需辛苦穿越树林去检视树皮和叶子。所有的事实，从各种颜色就能清楚地展现出来。

人与自然的
拉锯

在这里，一片林地的历史往往是两种不同目的交错而成的历史，一方是大自然持续、稳定的努力，另一方是地主在最后一刻突然灵光一闪的干涉和错误。后者对待林地的方式，就像我听过某个爱尔兰人赶马那样——站在马前，打着马脸，一路赶过田野。

牛群似乎有种特殊偏好，喜欢冲向年轻的常绿树并加以抵撞，从而把树弄断，就连六到八英尺高的树也被完全毁坏。我不晓得它们的目的为何，也许是为了帮头搔痒。就此用途而言，常绿树因其密度和硬度，似乎特别适合。常绿树经过牛群粗鲁地修剪和剥皮后，我经常在短短范围内，看见数百棵树就这么被弄倒，牛真的会极其特意地找上一棵树来撞。

曾有一头路过的母牛走进我家前院大门，是被我刚移植的那株侧柏引来，它用头磨蹭那棵树，突然间，我还来不及阻止它，整棵树就折断在离地不到一英尺处。我以为它毁了，然而，这棵树竟然撑过这次意外，许多低枝逐渐围着中心挺立起来，在地面上方展开，因此，我现在拥有的不是一根主干修长的树，而是由六根树枝形成的茂密树木，呈现完美、漂亮的圆锥形。有位邻人也有侧柏，他按照常见的生硬手法来修剪，但结果并不让他满意，最近他

特地费心找我，问我是如何处理我家的侧柏，才能产生这样的效果。我告诉他，他需要做的就是，在牛群被赶往内陆的季节里，让大门开着。非常常见而脆弱的白松，在这样的事件中，受害最严重。

牛的这种倾向如此普遍，让人以为它们对松树怀恨在心。或者，也许它们知道自身的存续有赖于草地，因此出自本能去攻击来犯的松树，将其视为入侵草地的敌人。牛和松树之间存在世仇，是再自然不过的。无疑的是，草地上那些在离地面不远处就分叉的高大白松——分枝看似竖琴般向上弯起，而无挺立的主干——必定曾在年轻时被牛弄断过。

在某阵强风里，白松的带翅种子会被缓缓吹到落脚处，而在几年后，我们就开始看到大地点缀着它们那欢愉的绿焰，并欣然走过其间。

然而，我经常看到地主毫不在乎地对待这般恩赐——也就是从贫乏草地冒出的这片森林，他让他的牛群弄倒小树，把大多数小树擦撞至死。一直要到小树高过他的头顶，他才在最后一刻将它们视为树木，并用围篱包围，但多年的生长已被浪费。直到松树粗壮得让他的砍刀无能为力，直到他为了做车轴而不得不来找这些树，他才开始尊重它们，并认为一座松树林会是个有利的投资。难怪他有时看到它们受此对待后竟还存在，感到惊讶不已；难怪他有时会以为它们是从无中而生，因为他曾竭尽所能要将其从有变无。

对于在两种不同进程之间游移的管理方式，我们该说什么呢？这么做或那么做，不都只会扰乱两者吗？我看到许多散布着北美油松或白松的草地，时而可见砍刀大力挥舞。我为我的树感到绝望（我称之为我的，因为地主显然并不认为那是他的）；然而，这项有问题的工作却被执行得很差，虽有牛只和砍刀相助，但那些田野却仍一年一年愈来愈绿、愈来愈像森林，直到农人终于累到放弃这场对抗时，突然发现自己拥有一片林地（而他根本不配）。

现在，究竟是林地还是草地对他最有利可图，我可不敢说，但我能确定的是，林地和草地并存，一定不会获利。

我们的习惯是任由松树传入草地，同时让牛群在那里漫步而与松树争地，偶尔带着砍刀去帮助牛群。然而，在十五到二十年后，松树显然战胜我们两者，即便它们也已死伤惨重、纷纷倒地，这时我们才突然掉过头来，拿着鞭子去帮松树逐出牛群。牛群再也不能用头刮擦松树，并被围在栅栏里。这就是我们大部分林地的真实历史。英国人一直费心学习造林，而我们却以这种特有的模式来造林。很明显的是，我们因此让草地和森林都长不好。

碰巧的是，我在这个十月午后来到镇上这处偏僻地方，不是为了调查这些林地的历史——我曾在这处林地停驻，而我也已叙述过了，而是要去检视一座在前一年冬天被砍掉的浓密白松林，看看小橡树们——我知道地上一定长满小橡树——如今看来如何。

让我又惊又恼的是，那自称地主的家伙竟然烧了整块地，然后播下冬季黑麦！此人无疑打算要在一两年内让树木再长起来，但他觉得若是能在同时间得到一些黑麦，就是净赚一笔。真是愚蠢！大自然早就为这样的变故备妥一切，让小橡树待命多年——那些六岁大的小橡树，带有充满能量的纺锤状根部，树梢也已指向天际，只等阳光触发。但是，地主以为自己更懂，想要先收获一些黑麦，这是他可以立即摸到的好处，因此他烧了地，又再翻土耙过。

他得到松木赚来的钱，现在又想得到大量麦子，数算麦子带来的钞票——

然后才说，大自然，你可以再度自行其是了。这种贪婪得
不偿失，因为大自然原本的应变计划，如今也无法继续开展。
地主一副好像橡树会等他或听他命令而来的样子！或者，
他似乎宁可选择一座三四十年后的松树林或桦树林，而不
要立刻拥有一座橡树林。

　　一两年后，地主若置之不理，那里就会变成一片裸地，

或许有一些橡树苗撑过这般对待，不过，再往后，橡树便不能在此冒出，因为橡树必须长在松树之后。然而，松树和桦树或许长得起来，如果有种子能被吹到那里的话，不过那要花上很长时间，此外，这片土地也已得了"厌松症"。

他如此胡搞大自然，令我懊恼，竟然还自称农业家！他需要获派一位监护人。让我们花钱为他的灵魂办场弥撒吧。

镇上应该指派林务员，去监督那些蹩脚的农人。

第二部

梭罗晚期
自然史作品

一个人若想活得丰足而坚强，
一定要在自己的故乡。
我已在此度过这四十年，
学习这些田野的语言，
因此更能表达自我。

第一章

野果

我将以芦笛吹奏一首乡村曲调，

而我相信我所唱的，无一不是受人期待。

编注：这篇选文是《野果》手稿的开头部分，梭罗是在一八六〇年的夏天到一八六一年的冬天，写作这份具有书籍长度的手稿。他在一八六一年二月末或三月初予以搁置，以便全心写作《种子的传播》。

在整个十九世纪五十年代里，梭罗都会在日志里记下康科德各种植物到达某个发展阶段（抽叶、开花、成熟等）的日期。到了十九世纪五十年代末期，他偶尔汇编这些现象的列表，总共计有几十页。自一八六〇年起，他收集数百页这种列表，并将其作为大图表或"岁时历"

的数据源，他在岁时历上交互编列各种植物与其达到某个发展阶段的日期。他将八至十年的数据加以平均，而能估算出某种植物达到各个发展阶段的大致日期。

在《野果》里，他按照植物被观察的顺序来叙述，也就是按照植物成熟的顺序。在引言之后，他便从熟于五月十日的榆树翅果开始，并以熟于十一月十六日的北美油松球果作结。到了梭罗搁下《野果》之时，他已完成一份将近三百页的初稿，也写了一百一十二页的二稿；他在完成关于黑越橘（盖氏黑木莓）的一节之后停止，该节就接在本篇选文的末节（《阳光下的矮丛蓝莓》）之后。

如同《种子的信仰》，《野果》也因为许多原因而具有重要性，其中一项就是，它显示一位处于生涯巅峰的重要美国作家，如何成功结合自然和文学，使之相互增益，而非相互排斥。

许多演说家都习惯——而我认为那样很蠢——以高高在上的姿态来谈论他们所谓的小事，劝告大家不要完全忽略它们。然而，他们用以区别的基准不过是十英尺的标杆和自己的无知。根据这种标准，一颗小马铃薯就是小事，一颗大马铃薯就是大事。一个装满东西的大木桶、一块需要好几头牛来拉的巨型干酪、一场礼炮、一次全州检阅、一头肥牛、那匹名叫哥伦布的马，或是布兰克先生——不会有人把这些称作小事。一个车轮是大事、一片雪花是小事。世界爷这种知名的加州巨木是大事，它所产出的种子则是小事。鲜少旅人曾经注意世界爷的种子，以及其他所有的种子和万物的起源。然而，普林尼说："自然在至微中最胜。"

在这个国家里，一场政治演讲——无论讲者是西华德或顾盛——是大事，一缕阳光是小事。一两位国会议员的肉体被拿走六英寸，比起他们的智慧和男子气概被拿走一码，前者更让人觉得是严重的国家灾难。

我注意到任何被认为顶着"教育"之名的事情——无论是阅读、写作或算术——都是大事，但几乎所有构成教育的事情，在上述那种演讲者看来都是小事。简言之，凡是他们不懂也不关心的，都是小事，因此，几乎任何良善或伟大的事情，在他们心里都是小事，而且很难变成大事。

当一个果实的外壳从果仁剥离下来，大家几乎都去追逐外壳，并向其致敬。在世上广为传播的，只是基督教的外壳，其果仁仍最为微小而珍贵。没有哪座教会立基于此。遵循更高的法则，常被认为是渺小的最终体现。

我注意到，许多英国博物学家都有一种可怜的习惯，总把自己的正事说成是闲混或浪费时间——不过是干扰重要工作和"严肃研究"的事情，而他们必须为此请求读者原谅——仿佛是要让你相信，他们其余的时间都奉献给某种真正伟大而重要的事业。然而，我们从未听到他们就此有更多的发表，如果那真的是某种伟大的公共或慈善事业，那么我们应该有所听闻。因此，可以断言，他们一直从事的高尚事业，就是给自己和家人提供食物、衣服、住家、温暖，而这些事业的主要价值，就是让他们能去追求他们自己如此轻慢提及的这些研究。他们所指的"严肃研究"则是记账。相对而论，他们所谓的重大事业和严肃研究真的是在浪费生命，难道他们蠢到不晓得？实际上，那只是一种虚伪的言辞。全人类都仰赖他们提供的精神食粮。

乡土的
滋味

　　我们大多数人跟自己乡土的关系，仍然就像航海家之于海上未知岛屿那样。我们能在任何午后，在乡野发现一种新的果实，它的美丽外形或甜味将令你吃惊。当我在散步途中看到一两种我不知道名字的莓果，这表示未知事物的比例是极其的高。

　　当我航行在康科德这片未知的海域，各个小山谷、沼泽和树木繁茂的山丘，就是我的斯兰岛和安波那岛。那些进口自东方或南方的名贵水果，售于本地市场，像是柑橘、柠檬、菠萝、香蕉，还不如许多被忽视的野生莓果那样引我注意。每一年，那些莓果以它们的美丽，为我某次的野外散步增添魅力，或是让我发现美味可口的户外风味。我们在自家院子栽培进口的灌木，想要欣赏果实之美，而周遭田野那些至少同样美丽的莓果，却不受重视。

　　热带水果属于热带居民。它们最美、最甜的部分是进口不了的。一旦运来这里，就只受到那些往来市场的人关注。让我们新英格兰地区的孩童看起来、吃起来最开心的水果，不是古巴的柑橘，而是附近草地的白珠树的果实，因为，某种水果的绝对价值，并非取决于它是否来自异国、尺寸大小或营养成分。

我们并不看重餐桌上的水果，那些是专属于高官和老饕的。它们会让想象匮乏，不像那些野果那样可以喂养想象。在萧瑟的十一月漫步走过黄褐色的土地，于途中小口啃食白橡橡实、品尝那种苦甜味，这对我来说胜过一片进口菠萝。南方人大可留着他们的菠萝，而我们也将满足于我们的草莓，这就像是在菠萝之中拌入"采草莓体验"，风味获得极大提升。那些进口到英国的柑橘，比起当地篱笆上的蔷薇果和山楂果，算得了什么呢？英国人可以轻易放弃前者，但不能没有后者。问问华兹华斯或任何懂得英国的诗人，他觉得何者才是他的最爱。

这些野果的价值并不仅仅在于让人拥有或提供食用，而是可以欣赏和享受。这可见于 fruit 一词的起源。该词来自拉丁文 *fructus*，意指"被使用或享用的事物"。若非如此，采莓果和逛市场会是近乎同义的体验。当然，你做某事情觉得有趣，是因为这件事所具备的精神，不论那是打扫房间或摘取芜菁都一样。桃子无疑是一种非常漂亮而可口的果实，不过，采集桃子来贩卖，远不及采集越橘来吃那么充满想象力的乐趣。

某人斥资备船，将一批男子和少年送往西印度群岛，经过六个月或一年，该船满载菠萝而返；如果此行达成的，只有投机商人通常冀望的目的；如果其结果只是所谓成功完成一趟冒险旅程，那么，我对于这趟远征的兴趣，还不如某个孩子第一次到野外去采越橘，他会因此认识新的世界，经历新的成长，即便他带回家的只有篮子里那一及耳 [8]

的浆果。因此，我认为后者探险的结果优于前者，那是一种更具成果的远征。那些报刊主笔和政客那么强调的事物，其实只是一场空。

当然，任何经验的价值并不在于我们获得多少金钱，而是在于我们从中获得多少成长。如果买卖橘子和菠萝要比摘采越橘或芜菁，更有助于某位新英格兰地区男孩的成长的话，那么他理应更看重前者，但事实不然。不，最让我们珍视的，并不是商人自远方进口的水果，而是你亲自用篮子取回的野果，你为此去到某处偏远山丘或沼泽，走了整个下午，采得当季最早的产物，带回家和友人分享。

通常，你得到的愈少，就愈快乐而富足。富人的儿子得到椰子，而穷人的儿子得到山核桃；然而，最糟的是，前者从未得到椰子的精华，而后者却能得到山核桃的精华。商业行为所攫取的总是果实最粗糙的部分——其实只有外皮而已，因为商业的双手非常笨拙。塞满船舱、被出口和进口、支付税金，并在最终于店铺里贩卖的，只有外皮的部分而已。

一个重要的事实就是，你无法交易买卖最佳的果实或果实的最佳部分，也就是说，你买不到果实至高的效用和乐趣。你买不到亲自采摘果实带来的愉快，甚至你也买不到好胃口。简言之，你买得到仆役或奴隶，却买不到朋友。

大多数人都很容易上当。他们总是行经相同路径，从而必会落入任何设在途中的坑洞或陷阱。任何事务只要是有众多成年男子认真从事，就被视为可敬，甚至伟大，必为牧师和政治家所认可。比方说，草地上的蓝色杜松子被认为仅具

美观，这些果实对于教会或国家又算什么呢？某位牛仔或许懂得欣赏——真的，所有住在乡下的人都懂——但杜松子并未受到任何社群的保护，谁都能去摘采。然而，一旦作为商品，杜松子就获得文明世界的关注。去找那代表英国人的英国政府，然后问道："杜松子的用途为何？"——答案将是："用来给琴酒调味。"我读到"每年有好几百吨从欧陆进口"到英国作此用途。"不过，就连这个数量，"那位作者说，"也还是不能满足这种烈酒的庞大需求量，不足的部分则由松节油补上。"这不是在使用杜松子，而是严重的滥用，这是一个明智的政府——如果世上真有这种政府的话——不会去做的事。牛仔还比英国政府更有见识。让我们仔细分辨，并以适当名称来称呼它们吧。

因此，请别以为我们新英格兰地区的果实低劣而不重要，却认为外地的水果高贵而难忘。我们自己的果实无论是什么，都比任何其他果实重要得多。它们教育我们，让我们适合生活在新英格兰这里。对我们来说，野草莓优于菠萝，野苹果优于柑橘，栗子和山核桃优于椰子和杏仁，原因不仅在于它们的风味，而且在于它们在我们教育里的作用。

如果你只是想说本地野果的滋味不足，那么我们将为你引述波斯王居鲁士的名言："一地不能兼产美味的果实和英勇的战士。"

野果的
登场序曲

以下，我将按照这些现象被观察到的顺序来谈。

五月十日，榆树在叶芽尚未展开之前，满树的翅果却已让它具有一种枝繁叶茂的模样，或者像是长满了小小的蛇麻花一样。榆树应是本地乔木和灌木之中最早结籽的。榆树结籽之早，让许多人误将未落的果实认作树叶，而我们街上最初的绿荫就是来自榆树的种子。

约略同时，到了五月十三日，本地柳树开花最早的水杨柳，就在温暖的草地边缘伸展一两英尺长的绿色嫩枝，上头长满三英寸长、弯曲有如毛虫的串串果实。如同榆树果实，这些果实也在叶子出现前在树上形成醒目的一片绿。不过，现在有些果实已开始迸裂、露出绒毛，使得水杨柳在本地的乔木和灌木之中，是紧接榆树之后开始散播种子的树。

三四天后，草原柳和本地最小的矮毛柳，通常都在比桦树和早熟白杨更高、更干的地方开始展露绒毛。矮毛柳普遍会在六月七日前结籽。

　　早在五月十四日，人们就常到河边摘采菖蒲内层的叶子来吃，总会在那里发现小小的肉穗花序，上面有着绿色果实和花苞。草本植物学家老杰勒德这么描述它们："菖蒲的花是一种长长的东西，很像香蒲；约与一般芦苇等粗，长约一英寸半，颜色为黄绿色，上面呈现奇妙的格子状花纹，仿佛系以黄色和绿色丝线交织而成。"

　　到了五月二十五日，花苞尚未盛放，而且还很嫩，正是适宜食用的时候，能让挨饿的旅人充饥。我经常把船划过去摘取，穿过整片最近才刚冒出水面的菖蒲。长在最内侧、靠近植株基部的嫩叶颇为可口，这是孩童都晓得的。他们就像麝田鼠那样爱吃。六月初，我看到他们甚至走上一两英里路去采菖蒲，带回大把大把的叶片，有空的时候就吃。过了六月中旬，肉穗花序开始结籽，就变得不宜食用了。

　　你在春天初次捣碎菖蒲，会发觉那股特殊香气多宜人而奇妙。这植物从湿润的大地，吸取了多少岁月的香气！

　　杰勒德说，鞑靼人对菖蒲的根"很看重，要喝的水一定得先泡过它的根（此水是他们的日常饮料）"。

　　约翰·理查德森爵士告诉我们，"这种植物的印第安克里族语的名称，意为'麝田鼠吃的东西'"，而英属北美地区的印第安人则以这种植物的根部作为腹痛的药方："约略豌豆大小的菖蒲根部，经过火烤或日晒干燥后，即为成人的一剂药量……若给孩童服用，则锉磨根部，将根屑配上一杯水吞服"。谁不曾在儿时因为肚子痛而吃了这个药方？不过我们都会配着一团糖，这是克里族男孩所没有的。这或许是

印第安人沿用最久的药方。一药入肚，我们就像麝田鼠那样，可以开始享受夏季。这是我们和麝田鼠同桌享用的第一道菜肴。我们也会吃蒲公英，那也是麝田鼠的菜。麝田鼠很像我们；我们也很像麝田鼠。

五月二十日左右，我看到第一株山柳菊结籽，正等着被风吹过草地，跟雏草一起染白草地，然后漂浮在水面上。它们如今已将自己高高抬离地面，比我们发现它们最初开花时要高得多。如同杰勒德对英国的蒲公英所做描述，"这些植物长在阳光充足的沙岸和未耕地"。

我最早于五月二十八日就开始在水面上看到银白枫的翅果。杰勒德关于欧洲山区某种"大枫树"的记载，可适用于这些翅果。他在描述其花朵后，接着谈道："开花之后，接着生出两两相连的修长果实，一个果实跟另一个果实彼此相对，果仁在两个果实相连处形成凸起；其余部分则是又平又薄，有如羊皮纸，或是蚱蜢的内翅。"

二十日左右，本地银白枫那种类似的大型绿色翅果就很显眼。这种翅果长近两英寸、宽近半英寸，翅膀内的翅脉伸展直到边缘，让它看起来有如一只绿色的蛾，准备载着种子起飞。到了六月六日，银白枫翅果已落了大半，我注意到这些种子飘落的时节，大约与罗宾蛾破蛹羽化同时，我偶尔会在早晨发现它们坠落在布满枫树种子的河面。

红枫翅果的大小不及银白枫翅果的一半，却美上数倍。你会在五月初注意到这种小果实刚刚成形，这时有些树木还在开花。随着果实越长越大，树梢也逐渐染上一片棕红色，几乎像桦树一样红。约莫五月中旬，林泽边缘那些果实将熟的红枫，正是大地的一大美景，尤其是在适宜的阳光里观赏。

我现在站在某片林泽里的一座小丘的底部，面向阳光观察几竿外的一棵年轻红枫。翅果的颜色鲜艳，呈现某种绯红色，果梗长约三英寸余。这些双翅果有着颜色比翅果略深的果梗，果梗先是优雅地向外拱起，然后才下垂。翅果们不均匀地分布在树枝上，在风中颤动着。

如同唐棣的花朵，红枫这种漂亮的果实大多见于光秃秃的树枝上，这时无论是枫树或是其他树的叶子都还没出现呢。红枫翅果约于六月一日大致成熟，而且多为显眼的亮红，而非深红。这种果实会在六月七日左右掉落。六月一日时，大多数树种都已开花，并在形成果实，而青绿未熟的莓果也开始出现。

草莓，
大地的第一抹红

　　草莓是本地最早熟的可食野果。我最早在六月三日就发现成熟草莓，不过通常是在六月十日左右，或在栽培种上市之前才会成熟。到了六月底，草莓达到极盛期。草地上，草莓的成熟要晚上一周，而且直到七月末都还有。

就连老塔瑟那样多半忙于粗重农事的人，也用他那朴实语调在其诗作《九月》里吟诵：

> 老婆，进到园子去，帮我整块地，
>
> 种上草莓根，要是最好的：
>
> 生长在外头，林中荆棘间，
>
> 好好选取和移植，结果好得不得了。

草本植物学家老杰勒德在一五九九年之前，写下这段关于英国草莓的鲜明描述，也完全适用于我们的草莓。他说：

> 草莓的叶子在地上展开，边缘略呈锯齿状，细长的叶柄长着三片叶子，有如三叶草，叶面为绿色，而叶背则偏白；其间长出细长的花梗，上头会长出小花，小花长着五小片白色花瓣，中间的部分略呈黄色，开花之后结果，果实类似桑葚或树莓，颜色为红色，尝来有酒味，果肉多汁而色白，里面包含细小的种子。根细而长，上面发出许多细根，不断向外延伸，草莓便借此扩展族群。

关于果实，他又说："它们带来的营养稀少且淡，要是恰好在胃里腐败，则营养等于零。"

五月三十日，我注意到有未熟的草莓果实，两三天后，那时我大约走到干燥裸露山丘的南坡，或是灌丛间裸露而有遮蔽的地方，突然想到草莓可能已结果。我去仔细察看草莓最喜爱的生长环境，就在山顶下方，我发现正在转红的果实，最终在极为干燥而阳光最足的地点或是坡顶，找到两三颗让我乐意称作成熟的草莓，不过它们全都只有向阳面变红。另外，我也看到一颗半熟的草莓，长在铁路堤道的沙地，甚至在开挖沟渠后弃置在草地的沙土上，也有看到。

草莓果实处于红色的下层叶之间，难以立刻发现。仿佛大自然有意隐藏这种果实，尤其是对于心里没准备碰上它的人。这种植物多么谦逊，就像一片不被注意的地毯。没有哪种可食野果像这些最早熟的高地草莓一样贴近地面——除了沼泽蔓越莓，但它们需要煮过。因此，弗吉尔把草莓称作"长在地面的草莓"。

哪种风味能比这小果子更可口？自夏季开始，大地就散发着这种滋味，但它们却丝毫未经我们的照料。多么美丽又美味的食物啊！我赶忙采食这每年最早出现的果实，即便它们底面尚绿，仍有点酸，且因长得太低而沾上沙土。我连同少许草莓风味的泥土一起尝。我吃了好多，多到至少足以染红手指和双唇。

隔天，我在类似地点采了两三捧成熟的草莓，或者说，是我愿意称作成熟的那些，最大、最甜的草莓长在悬于沙地的藤蔓上；而与此同时，我通常也会首次嗅到，噢，甚至吃到那种奇怪虫子（某种盾蝽科）的味道，我们常说那尝起来就像某种家里常见的虫的味道——就这样，我已准备好迎接这个季节了。如你所知，这种虫子"只需爬过果实，就能留下"它那独特气味。就像狗占据着马槽一样，这虫子坏了你满口草莓的滋味，但它自己却不享用。真是奇妙，这家伙是凭着怎样的本能，找到它的第一颗草莓的。

想找到早生的草莓，你得到草莓偏爱的裸露地看看，像是山坡上的小土墩，或是牛群过去几年来用脚扒出的小沙坑，当时那些牛只刚来到这片草地，正为了该谁当领袖而争闹不休。有时候，草莓会因它们近来的冲突而蒙上尘土。

我在春天里不时闻到一种难以形容的甜美香气，而且也做了很久的记录，但始终无法找到它的任何来源。这或许就是古人所说的那种大地甜香。我并未发现散发那气味的花朵，也许是来自果实。这再自然不过了，大地最早结出的果实散发近来空气里弥漫的香气，将春天的甜香具体而浓郁地呈现出来。找到那香气散发之处，不久，就能找到天赐食物，就是草莓。每颗草莓的汁液，不也正是从空气萃取而来的吗？

草莓不但滋味好，香气亦佳，其拉丁文学名中的 *fraga*，据说即是因其香气而得。草莓的香气就像白珠树的果实一样，非常浓郁。有好几种常绿树干的嫩枝，尤其是冷杉香胶，闻起来也很像草莓的气味。

百人中仅有一人晓得上哪儿去找这些早熟草莓。这就像某种秘传的印第安知识。我很清楚是什么在召唤那位学徒，让他在本周日早晨越过我家的小径往山坡走去。无论他住在哪处工厂或小屋，每当最早的草莓转红，他就会像我谈到的那种臭虫一样出现，即便他整年都藏而不见。这是他的本能。然而，其余的人就连做梦也没想过这种事情。这少量的野草莓，总在大众发现之前来了又走。

对于你邻人辛苦种来卖的草莓，那些果园里的、市场篮子里的，还有箱子里的，我评价不高。最令我感兴趣的是干燥山坡上那一小片一小片的天然草莓，即便我起初或许只能得到一捧，但在那里，有时草莓会将地面抹成一片红，原本贫瘠的土壤，全都缀满草莓——没有雇用园丁除草、浇水或施肥。那些莓果如今在这瘦瘠草地独占十余英尺，成为草地上最繁茂的物产，不过，若无丰沛降雨，它们很快就会变得干瘪。

有时，我的第一口草莓，也会在不同的情况下尝到。记得有次泛舟逆河而上，突然遭遇雷阵雨，我就把小船划向一处坚硬而倾斜的河岸，把船翻过来，而在底下躲雨。我在那里贴着地面躺了一小时，因而有机会发现此处出产些什么。雨势一缓，我爬了出来，伸直双腿，随即在一竿之内遇见了一小片草莓，那片草地全被草莓抹红，我便在仍有稀疏雨滴落下之际，摘取了它们。

然而，我们虽然得到这份礼物，却难免有些不安。六月中旬已过，干燥多霾的天气到来。我们更加深陷于大地的薄雾之中；我们处在更差的环境里，在这些日子里，我们越发远离天堂。就连鸟儿的鸣唱也少了几分活力和生气。希望和期待的季节逝去，小果子的季节已至。我们感到有点悲伤，因为我们开始看到希望与现实之间的差距。天堂景象被雾霾夺走，只见一些微小莓果。

我在萌芽林地发现一片片大而健壮的草莓植株，不过它们似乎都只有长叶而极少结果，在干燥天气来临之前，它们将能量完全用于叶子。只有干燥高地那些早熟而矮小的植株，在干旱之前结出了最早的草莓。

在许多草地上，你也会看到一片片浓密的草莓植株，叶子繁茂却无果实，不过有些草地的草莓同时长出叶子和果实，那一簇簇的果实最漂亮。在七月里，这些较为繁茂草地上的草莓成熟，吸引许多人踏着高草去找。从上方看去，不易察觉它们，但当你将高草拨开，就会发现它们深藏在根部附近的小洞里，受到遮阴的保护，而别处的草莓已经枯干。

　　然而，通常我们只是在草莓的附近尝尝，然后就带着染红而芳香的手指继续前进，直到那红渍在来年春天被洗掉为止。在这一带散步的人若能一年得到两三捧草莓，就算不错了，他会欣然把一些未熟草莓和叶子跟这些草莓混在一起，做成某种色拉，而他会记得的，会是那些成熟草莓的风味。然而，内陆的情况则非如此。草莓在那里出产丰盛，因为这种植物喜欢凉爽的环境。草莓据说"产自阿尔卑斯山和高卢森林"，但"为希腊人所不知"。从本地往北一百英里，在新罕布什尔州那里，我见过草莓大量长在路边、草丛里，还有在附近山丘上到处刚被清理的土地，那里的树桩周围也长了许多。你很难相信那里的草莓是用怎样的精力在结果。那些草莓通常距离鳟鱼出没的地方不远，因为两者所喜欢的空气和水是一样的，而在新罕布什尔山区里的小屋，通常都会提供给旅人草莓和鳟鱼钓竿。我听说，在班戈附近，草莓出现在及膝高草的根部。在炎热的天气里，人们还未看到草莓，就会先闻到香气。还有，在可以望见十五英里外佩诺布斯科特河及河面上百艘纵帆船的山地，也有草莓。在那里除了少有银匙和银盘，其他东西都很充足，而人们有时就把无数夸脱的草莓倒进一个牛奶锅里，拌入奶油和糖，大伙儿就围坐等候，各自手持一把大勺子。

　　赫恩在其《北方海洋之旅》谈道，"草莓（印第安人称为 Oteagh-minick，因草莓的外形颇似心形）和那些果大味美的，最北可见于丘吉尔河"，尤其是在经过焚烧的土地上。约翰·富兰克林爵士指出，草莓的克里语名称为 Oteimeena；唐纳则说，草莓的奇佩瓦语名称为 O-da-e-min——显然和克里语是同一个词，因为所指意思全都相同。唐纳说，奇佩瓦人经常梦到前往另一个世界，但当某人抵达"大草莓时，亡者的灵魂便会于途中在此用膳"，但当拿起汤匙要挖下一块之际，他就会发现大草莓化作石头，成为据说遍布苏必利尔湖周围的软质红砂岩。达科他族则将六月称作 Wazuste-casa-wi，意为"草莓红了的月份"。

从伍德约于一六三三年出版的《新英格兰景色》一书可见，这里的草莓在被农耕削弱和逼入困境以前，远远更为丰产而硕大。"有些草莓，"据他所说，"周长两英寸；一个人一上午就能采到半个蒲式耳。"

草莓是大地的第一抹红，是朝霞的红，是只长在奥林匹斯土壤中的诸神美馔。

威廉士在其《美洲语言之钥》里谈道："英国有位重要医师常说，草莓是上帝造过最好的莓果了。在原住民种植草莓的一些地方，我多次看见多到可以装满一艘船的草莓长在几英里范围内。印第安人将草莓放在钵里捣碎，再跟粗磨粉相混，然后制成草莓面……数日不吃其他食物。"

布谢在其一六六四年出版的《新法兰西自然史》里告诉我们，这片土地长满数量惊人、取之不竭的树莓和草莓；而罗斯基尔在一七九四年的《兄弟会北美传教史》中谈道："草莓长得又大又多，整片平原好像覆上一块漂亮的红布。"一八〇八年，一位南方人彼得斯先生，致信费城的某个协会，证实以下说法：弗吉尼亚州某处占地八百英亩的森林地，在上个世纪火烧之后冒出大量草莓。他说："老乡民总是谈道，当时草莓产量极多、占地很广；他们说，那些草莓熟透的时候能从大老远就闻到。其中几位描述草莓在开花时会布满一大片，这情形要不是经过证实，会让人以为是虚构的。大自然披上这袭无可仿效的华服，无数的蜜蜂嗡嗡地来回花果间，加上（大片土地）边上起伏而多样的高山，这一切确实能造就一幅田园意象，可供赋诗。"

那些研究新罕布什尔州城镇历史的人告诉我们，"草莓已不如从前土地初垦时那般丰产"。其实在这一带，草莓和本郡的精髓也已消逝。赋予草莓拉丁学名的那种难以形容的香气，再也不能从我们施过肥的田野散发出来。如果要找这种浓郁香气和未垦处女地所产的完美果实，我们就得前往北

方的凉爽河岸，也许日晕上的光点，在此将草莓种子撒在阿西尼博因河的大草原上——据说当地因为盛产草莓，而染红了野马和水牛的足蹄；或者前往拉普兰，有人读到，拉普兰人那些平凡屋子上头耸起的灰色岩石，的确会因野草莓而泛红——那些奇妙的草莓在拉普兰到处冒出，多到足以染红驯鹿的足蹄和旅人的雪橇，而其花朵却是精美无比，就连俄国沙皇也派出骑马信差一路送到他的夏宫。这就发生在拉普兰，那片暮光之境，那片你不期待阳光足以强到染红或催熟草莓的地方！然而，别再只因爱尔兰或英格兰人，在栽培种底下铺着干草，就继续使用"草莓"这般低劣的名称。拉普兰人和契帕瓦族的印第安人可不是那样叫的——最好是用"心莓"这个印第安名称来称呼，因为它们确实就像一颗绯红的心，我们在初夏吃下之后，便能勇敢度过一整年，就像大自然一样。

　　偶尔，你会于十一月里，在遥远的地方发现第二波的草莓，带着一种淡淡的夕阳红，回应那抹朝霞红。

春天的
莓果飨宴

　　野生树莓在六月二十五日之前开始成熟，一直持续到八月，高峰期约于七月十五日。

　　看到这些鲜红莓果挂在大而多叶的灌丛上——或许是在

蜿蜒走过树莓丛时，我们摘取滴着雨水的果实——令人惊觉一年的行进。

我觉得树莓是一种最为简单、纯真又超凡的果实。某个欧洲品种被适切地称作"我梦想"。在这一带，树莓主要长在开阔的沼泽，但也长在山顶，不过鲜少结出多到令人注意的果实。然而，在多雨的夏季里，像是在一八五九年和一八六○年，树莓在这一带某些地方结果颇丰，而被摘来作为餐桌上的佳肴。

就像草莓那样，树莓也爱新垦地，亦即甫经焚烧或清理的地方，那里的土壤仍然潮湿，而在本地，这种土地在从前相当常见。

印第安人和白人，古代人和现代人，都会过去摘采这种小果子。英国植物学家林德利说道："我眼前的三株树莓，是从取自某具男性遗骸胃部的种子发芽长成的，该遗骸发现于（英国）地表以下三十英尺处，还有一些哈德良皇帝的硬币陪葬，因此那些种子可能已有一千六七百年历史。"然而，这番主张的正确性已受质疑。

我偶尔会在九月中旬，在沼泽里看到一些依然新鲜的莓果，而我也听说某些地方到了秋末还能找到第二批果实。

普林尼看到欧洲的树莓最后枝条弯了下来，并在末端生根，因此若非农耕活动阻碍它们的发展，树莓将会占据各地，于是他说，所以"人类似乎天生要来照料大地"，而且，噢，"这么一种最为有害而可恶的东西，也教导了我们利用压条和扦插来繁殖的技艺"。

我看到红桑葚成熟于六月二十八日，还有一些是在七月二十六日。我知道有一两棵红桑树长在田野上，但它们可能是被人种在那里的。普林尼谈到桑树："它们开花的时间很晚，但果实成熟的时间却很早。果实成熟时的汁液会沾染双手；未熟时却能去除那种污渍。农业技艺对于这种树的影响最少——不仅是在名称（亦即品种）上，借由嫁接或是任何其他模式，只改变

了果实的大小"，现在看来仍是如此。

在七月初，早发的蓝莓、树莓和顶针莓全都开始一起成熟。

黑色顶针莓从六月二十八日开始成熟，一直持续到七月底，约于七月十五日达到高峰。六月十九日，我已发现未熟的青色果实。它们沿着墙边生长，割草机每走到尽头，就会把它的果实割掉；它们有的也会长在萌芽林地里。

这是一种真诚而朴实的莓果，没有太多风味，却强健而坚实。我年少时喜欢漫步墙边，跟鸟儿竞采那些黑色或正在变黑的大颗莓果，再用草茎串起来带回家，如果你手边没有盘子，这就是最方便的方法。

它们通常在七月中旬开始干枯。我有一次见到大而熟透的第二批莓果，其中夹杂一些未熟的，当时已迟至十月八日，那之前六周雨量颇丰。

高丛蓝莓的
沼泽风味

　　约于十天后，接着而来的是高丛蓝莓，又称为沼泽蓝莓、
伞房黑苔莓。我们有两个常见品种：果实蓝色和黑色的。后
者较为罕见，果实小而黑，无果霜，味道较酸，而且较前者
早熟一两天，跟顶针莓同时或更早，自七月一日开始成熟，
而两者的成熟期都持续到九月。我在五月三十日前注意到未
熟莓果，而于七月一日到五日间，开始看到一些成熟的。它
们的果熟高峰期是从八月一日到五日。

据说，高丛蓝莓最北可见于纽芬兰和魁北克。它们长在沼泽——要是沼泽很深，就长在沼泽边缘——也长在湖泊边缘，你偶尔甚至会在山坡碰见一株。这种植物极为亲水，因此，虽能长在陡峭而坚硬的湖岸，像是瓦尔登湖和鹅湖，但仅限于湖的沿岸，而且只有在水位高的季节才会结出比较多的果实。一旦在洼地看到这些灌木——就像看到风箱树和某些植物——你就知道自己来到水位线了。假使树林里的地面被水淹至一定深度，而有积水或相当的水分，那么泥炭藓和其他水生植物就会冒出；如果人类不加干涉，那么一片浓密的高丛蓝莓丛往往就会在边缘冒出，弯垂在水上，或许还会长遍该处积水，无论那是宽仅一竿的水洼，或是数百英亩大的沼泽。

这是本地沼泽最普遍的粗壮灌木，每当我去测地划界或走在灌木林中，都不得不砍掉一些。只要看到前方出现那种茂密而弯曲的树顶，我就晓得等一下脚就会弄湿了。它的花朵有种宜人、甜美、近似莓果的香气，摘下一把来吃，尝来稍带酸味，有些人会喜欢。果实有种特别清爽而微酸的风味，不过植物学家珀许谈到他的高丛蓝莓（可能为别的品种）却说："莓果黑色，淡而无味。"在位于比利时昂吉安的阿伦贝格公爵花园里，高丛蓝莓据说被"种在泥炭边缘来结果，其用途同于蔓越莓"——他们竟这么晚才发现它的好处！曾有少数几次，我找到一些带着独特苦味的高丛蓝莓，那味道使其几乎不宜食用。高丛蓝莓有不同的大小、颜色和风味，但我偏好大而偏酸、带果霜的蓝色种。对我来说，这些莓果体现了沼泽的精华和风味。

当蓝莓果实长得又密又大时，沉甸甸的果实会将枝条都压弯，很少有别的果实呈现这么美的景致。

有些蓝莓果实稀疏结在新枝上，直径有半英寸多，几乎跟蔓越莓一样大。之前我爬上某棵蓝莓枝头，采了多少夸脱的莓果，我都不敢说了。

吸引大多数人进入沼泽的并非只有这些。每年我们都不顾山茱萸和山桑子阻碍，前往这些圣地朝圣。别克史托沼泽、高英沼泽、戴蒙湿地和查尔斯·迈尔斯沼泽和其他许多沼泽，是大家都听过的，另外还有许多沼泽隐藏在树木之中，只有少数人知道。

记得在几年前，我穿越大原野东边的一座浓密橡树林，接着走下一处狭长而蜿蜒、我原先不知它的存在的蓝莓沼泽。这片幽深而僻静的湿地，低陷于森林里，长满摇曳的三英尺绿色高莎草、矮踯躅和绣线菊，大部分地方不会弄湿双脚，不过底下的淤泥却是深不可测，仅在仲夏或仲冬才可通行，而我也未发现任何人兽的足迹。在这片湿地上空，有只泽鹰自在盘旋，它的巢穴可能就在里头，因为能够飞越树林的它早已发现此处。这里缀满一座座蓝莓丛，并被茂密的蓝莓树篱围绕，其间夹杂南烛、高丛的野樱莓，还有长着绯红色美丽果子的野冬青等，这些都是较高树林的前锋部队。大得像是老式子弹的硕大蓝莓，跟绯红的冬青果子和黑色的野樱莓交错出现或紧密交杂，形成独特的对比，却又显得和谐，你几乎不晓得自己为何只摘了一些来吃，却将其余留给鸟类。

我从这片湿地循着一条不到一英尺宽的小径南进，沿途屈身前行，背包不时擦落莓果，最终来到另一片更大的沼泽或湿地，此处与上述沼泽类似，因为两者是一对的。

这些地方被蔓丛围住，你只有在岁终年末才会在附近偶然碰见，惊讶地站在一片蓝莓保留地的边缘，而那里的僻静和新奇，仿佛离你平常走过的地方有上千英里远，就像波斯之于康科德那样。

胆小而怯步的人自限于水边，他得到较少莓果，却受到更多刮伤；但敢冒险的人走进树冠悬垂的开阔沼泽，涉过小石楠和泥炭藓，震动一竿方圆的水面，打翻、弄破许多瓶子草，让瓶子草里的积水湿了双脚，因而得以接近那些未受人干扰的低垂果实。从蓝莓沼泽边上看过去，各种野生莓果混杂一气，没有比这更野性、更丰饶的景象了。

还有查尔斯·迈尔斯沼泽，你在那里可以得到的不仅有蓝莓的价值，那处沼泽被云杉环绕、尽收其美，不过高高挂在你头顶上的沁凉蓝莓，它的天然风味和美丽却毫不逊色。记得几年前我曾在那片沼泽被"改善"之前，到那里去采蓝莓，当时我听到沼泽深处那间看不到的房子，传来迈尔斯先生低音提琴的颤动琴音，他是一位知名的领奏员，负责在安息日协助唱诗班达到整齐和谐。那些琴音的某种回响"触及我颤动的双耳"，让我想起那些时光。何谓真正的名声，因为我正立足之处似乎不属"凡间尘土"。

因此，在任何一个夏季里，当你花了整个上午在房里阅读或写作，到了下午，走进某处僻静而无人踏足的繁茂沼泽，并在那里发现又大又美的蓝莓等候着你，而且取之不竭，这才是你真正的花园。或许（就像在马修·迈尔斯的沼泽那样）你努力穿越重重灌丛，包括高过你头顶的野樱莓，其下层叶多已变红，并跟着年轻桦树一起变稀；以及树莓，和南烛、矮踯躅，还有大片大片的常绿沼泽黑莓——然后一次次走到凉爽的开阔处，看到高大、深绿的高丛蓝莓在那里形成一两座群丛，上头点缀着硕大、沁凉的莓果。或者它们远远高过你的头顶，位于沼泽的遮阴里，因而长保新鲜和清凉，这些装满沼泽蜜汁和诸神美馔的蓝色小包，被你用牙齿加压就爆开。这让我想到，杰勒德提到鸟嘴莓"在低地德语里，被称作Cratybesien，因其在被牙齿咬破时会发出某种爆裂声"。

有些大型沼泽几乎长满大型的蓝莓灌丛，它们的树顶展开，彼此紧密交错，遮蔽无数条隔开根部的曲折窄径，形成一座毫无线索的完美迷宫，而你得靠太阳指引。那些小径只方便兔子出入，你的前进很艰辛，得弯下身子，跨过一丛丛青草，避开积水，或许偶尔还得让同伴的铁皮桶声响来领路。

灰色的蓝莓灌丛，有如橡树般庄严可敬——为何其果实无毒？在我摘过的越橘属果实里，蓝莓最具野性风味。你就像食用了某种有毒莓果，但未受其毒害。我从中得到的乐趣，好比吃下海芋果实和麝鼠根而无恙，仿佛我是莓果界的米特里达梯大帝一般。

有时候，八月初的丰沛降雨将会使得那些细小的未熟莓果——这时通常只有少数会成熟——每颗全都膨胀而成熟，这般的丰收实现了它们在春天里给人的期望，即便你在两周前才在那些沼泽里对它们感到失望，而且没有人能相信你所看到的景象。

在这里，蓝莓挂在树上数周不变，半打半打的莓果彼此簇拥，分成蓝色、黑色和各种蓝黑色。然而，我们对其风味的赏识往往阻碍我们注意到它们的美丽，不过我们却会欣赏一旁冬青果实的颜色。要是蓝莓有毒，我们必会更常听闻其美丽。

高丛蓝莓继续留到九月。某年九月十五日，瓦尔登湖湖水高涨，我发现

极为新鲜的高丛蓝莓悬于湖的南边，数量很多，其中许多还未熟，不过沼泽里的那些都已干瘪。通常，它们会在八月中旬过后开始枯萎，即便还是长得很茂密，但已失去独特风味，原本那种狂野、充满活力的口感，变得寡淡而无味。

我偶尔看见某种两三英尺高的变种，果实大而椭圆、色黑、少或无果霜，叶片窄，花萼明显，看来介于高丛蓝莓和矮丛蓝莓之间。

这一带许多沼泽皆因蓝莓而被认为颇有价值，从而被变更成私产，我曾听闻仲裁人以蓝莓丛被烧为由裁准赔偿金。我认为，在这些莓果做成的菜肴里，最独特的就是"蓝莓圈"，"这是一种以特殊派皮围着蓝莓的甜点，同样做法亦可用于黑莓"。

当叶子落尽，蓝莓就会变得瘦弱、灰暗而死寂，那些最年长的植株看起来颇为古老；的确，它们要比你猜想的还老得多；因为它们长在沼泽或湖泊边缘，还有沼泽里的小岛，所以往往躲过和树林一起被砍的命运，因此会比整座树林还老。有很多蓝莓长在鹅湖边上，围着整座湖形成宽仅三四英尺的带状，介于陡峭山坡和湖面之间，因而躲过被砍伐的命运。这就是蓝莓在那里的全部领域，没有一棵会长在这道线的以上或以下。这些树就像这座湖的睫毛。它们全都显得苍老，呈现灰色而长满地衣，通常长得歪斜、曲折，并与邻树纠结，因此当你砍下一株，也很难将其从树丛拉出。

冬季里，当你能站在冰上时，这正是检视它们的好时机。它们几乎垂到冰上，是被好几年的冬雪压得弯下，但强健的幼芽却在周围垂直窜升，就像挺立的青年站在伛偻的父辈身旁，注定要来延续家族。它们那种扁平、鳞状的灰色树皮，裂成一片片长条、细致而紧紧粘附的鳞片，而内层树皮则为暗红色。

我发现这些蓝莓有许多都已达到人寿之半。其中一株在根端的周长有八英寸半，我在上头准确数到四十二圈年轮。我从另外一株砍下一根又直又圆的木头，长为四英尺，细端的周长为六英寸半，木质厚实，纹理细密，没人能告诉我那是什么。

　　然而，我所见过最大、最美的蓝莓，长在弗林特湖中被我称作檫树岛的地方。事实上，那是一棵小灌木形成的一座树丛，约为十英尺高，树冠宽十余英尺，而且完好而强健。它在离地六英寸处，分作五个枝干，各自在离地三英尺处的周长为十一英寸、十一英寸半、十一英寸、八英寸和六英寸半，平均为九英寸半；在接近地面处则会合成一根结实的树干，周长为三十一英寸，直径为十英寸多。然而，或许那些枝干是在那里一起成长的——的确，它们看来就像发自同一颗莓果中的不同种子。树枝以常见的曲折状和半螺旋状往上生长，略微向外开展，有时就搭在邻枝的杈口上，开裂的细致红色树皮间有时披着可观的大片黄色或灰色地衣（主要种类为硫黄地衣和岩石地衣），它们也在树皮周围扩展开来，而树皮在接近地面的地方颜色偏红。树顶展开，稍平或略呈伞状，包含无数细枝，即便是在冬天，衬着天空看来仍是茂密而阴暗，异于底下较为开阔的部分。这些布满细枝的树顶，嘲鸫常来筑巢，而黑蛇也爱栖身，无论它们是否有在那里发现幼鸟。从那些被我数过年轮的来判断，这些枝干里最大的一定有五十岁左右。

　　我爬上这棵树，并以双脚找到一处离地四英尺的舒适位置，那里还能再坐三四个人，只可惜这时不是产莓季节。

　　这处蓝莓灌丛必定广为披肩榛鸡所知。它们无疑能从远

处认出那独特的树顶，并像子弹般冲飞过去。事实上，我曾
在雪地上看到榛鸡的足迹，它们甫于前次雪融，在那里取食
树上大大的红色嫩芽。

　　这些蓝莓灌丛之所以没被砍掉，是因为长在那座颇难接
近的小岛；岛上几乎无忍冬这种植物，因此它们都已长到完
整大小。或许在白人前来砍伐树林之前还能看到更大的。那
些蓝莓往往要比许多果园里所有的人工栽培果树还老，而且
可能早在笔者出生以前就结果了。

阳光下的
矮丛蓝莓

约略同时，晚熟的蓝莓或称之为第二种蓝莓，亦即矮丛
蓝莓（晚熟美国黑苔莓）开始成熟——这种饱满的莓果常与越
橘一起出现，树身大小也跟越橘类似。这种挺立、纤细的灌木，
分叉成一些长长的棍状分枝，带有绿色树皮、深红色新枝和
蓝绿色叶子。其花朵有种精美的玫瑰色。它们长在开阔的山
坡或草地，也长在萌芽林地，或是稀疏的树林中，树高在一
英尺半到两英尺之间。

这种长着蓝绿色叶子的灌木，会在越橘之前成熟，而且
甜过越橘（即便没有甜过我们任何石楠的果实）。这种矮丛
蓝莓和高丛蓝莓，都比其他鸟嘴莓开的花更繁密，因此这两
者所结的莓果不像越橘那样分散，而是形成紧密的果串，看
起有点像总状花序，因此你能一次扯上一把大小和品质不等
的莓果。你最早可以发现结了成熟莓果的地方，不是山丘的
顶部，也不是低坡，而是陡坡，或是在莓果接受最多阳光和
温暖的东南侧或南侧山坡。

许多较晚才开始观察和探索野外的人，所知的矮丛蓝莓
只有这种。还有一种较早熟的矮丛蓝莓，为了方便或许可以
称之为蓝果种（我们认为这时该种有点过季，而且不再结果），

这种蓝莓因其淡蓝色果霜而带有山岳和春天般的气息——确实极为漂亮、纯粹而芬芳，但我们也得坦言，其果肉松软、偏少而无味。然而，晚熟的矮丛蓝莓比较像是扎实的食物，又硬又像面包，却也较有土味。

在某些年里，它们长得尤为硕大而丰盛。到了八月二十日，它们开始略显枯萎，不过还是很好，此时越橘已开始变得良莠不齐。到了九月一日，它们就会有点皱缩，如果适逢多雨则会损坏；否则就会变得半干，有很多硬得像是在平底锅上烘干的；不过，它们还是很甜、很好吃，不像越橘那样容易生虫。这是一项好建议，你可以相信那些蓝莓仍然可食而去采来吃。每逢干旱，这种蓝莓往往在本州岛极为盛产。我有时迟至九月中旬还能采到颇为完好的，那时整个植株的其余部分都已转为深红，那是矮丛蓝莓的秋季色调。这些香气尚浓、依然留存的蓝莓果实，与其色彩鲜明的叶子，形成奇妙的对比。

第二章

野草与禾草

编注：这篇简短选文包含的材料，几乎可以肯定梭罗打算在修改后用于《种子的传播》中关于灌木、野草和禾草的一节。本文的第一部分只是梭罗的阅读摘录。末段读来，感觉梭罗似乎打算将之用于禾草一节接近结尾处，但他并未表明其意图。他将达尔文论及康多尔说法的句子用于《种子的传播》。这个片段之所以令人关注，是因为其内容让人瞥见，梭罗如何将原始材料化为文学艺术。

皮克林在其关于种族的著作中谈道，"我发现两种野草大量长在奇努克村落周围：扁蓄和藜，而布雷肯里奇先生则在格雷港的偏僻地区遇见第三种：

大车前草"。

近来传入美国西北部的植物：臭春黄菊、苋和荠传入柯尔维尔堡；滇苦菜传入尼斯阔利堡；风铃草和春蓼传入俄勒冈州；此外还有光叶栗米草。

由库克和佛斯特于纽新兰发现的植物有滇苦菜（经由原住民引进——成为最早在新的国家扩展势力的野草之一）、刺果瓜和旋花。

由欧洲引进的有夏威夷群岛的 Skyos angulatus、秘鲁和巴塔哥尼亚高原等地的马齿苋和滇苦菜。

从埃及来的外来植物：某种蓼(Polygonum circularia)、藜、异株荨麻、欧荨麻、宝盖草、某种无心菜（ Arenaria sulra ）、繁缕和春蓼。

*

达尔文在《物种起源》里谈道："葛雷博士的最新版《美国北部植物手册》列出两百六十种归化植物，分属一百六十二个属。由此可见，这些归化植物极为多样。此外，它们大大不同于本地植物，因为在上述的一百六十二个属当中，有一百个以上本地没有。"

该书也提到，"康多尔曾说，带翅的种子不曾见于不会开启的果实"。

达尔文在其《小猎犬号航海记》谈到地中海蓟，这种植物来自欧洲，而今在阿根廷的布宜诺斯艾利斯已极为常见——并传遍整个美洲大陆。他说，仅在东岸区就有"无数（可能为数百）平方英里长满这些带刺的植物，人类和动物无法穿越。

在起伏的平原上，这些植物大片大片地出现，没有别的植物可以存活……我
怀疑记录上是否曾有哪种植物如此大规模侵害原生植物"。

达尔文指出，蒙得维的亚周围区域和其他某些地方的一项差别，就在于
牛群在此施肥和吃草，他还在提到亚特瓦特时曾说，相同情况亦见于北美草
原，"在那里，五六英尺高的粗草被牛群吃掉，形成普通的草地"。

卡本特在其《植物生理学》谈道：

　　值得注意的是，那些以种子供养人类的草本植物，就像家畜般跟着
人类。原因在于，如果没有充足的磷酸镁和磷酸铵，各种谷类植物不能
结出足以出产大量面粉的种子。因此，这些植物生长的土壤，一定要有
这些成分，以及先前提过的硅和钾；而最富含这些成分的土壤莫过于人
类和动物一同居住的地方；因为这些物质大量存在于动物体内，在它们

活着和死后，分别借由排泄和分解来释出。

我在牛粪里看到乌鸦和鸽子会吃的谷粒，那些谷粒可能保有生命力，而能协助传播我们的食物。

若还有人质疑我所指出的种子，数量是否多得足以解释每年在路边和其他地方冒出的大批野草，那就请他想想，光是少许种子就能传播到多远，或者，想想它们是多么微小——先不提本镇有多少田野，光是镇上花园里的植物，每年就有多少只是来自某位震荡教徒留在店家的两三盒园艺种子，而且盒中的种子还剩下不止一半，噢，你几乎能将那些种子，全都放进外套口袋里。某些种子，你又很难只取得足够的分量。试想，若以合算的方式栽种，一及耳的芜菁种子能播撒多大面积？

第三章

森林树木

编注：梭罗无疑是在观察森林演替后，决心开始研究这项主题，借以查证先前其他作者的说法。他进行此项研究的确切时间并不清楚，不过从纸张种类可见，他是在一八六〇年秋初或之后写下这些段落。现存两份稿件，不过，梭罗并未在其中表明要将这些材料用于《种子的传播》的何处——甚至亦未指出是否用于其中。本篇选文包含背景研究的结果，显示梭罗处理植物演替的用心和透彻。

关于森林树木演替这项主题，所有我读过的重要研究，出现在一八〇八年的某几期《费城农业促进协会会报》，以及皮克顿的道森刊于一八四七年四月号的《爱丁堡新哲学期刊》的一篇文章。

第一份期刊中，关于这项主题的四位专家作者为：彼得斯（显然是首位论及该主题的人）、米斯、阿德勒姆和柯德威尔。他们提到赫恩的《北方海洋之旅》，该书指出，最北到丘吉尔河——包括沿海和内陆，"在土地——严格来说，应为林下灌丛和苔藓——被焚烧后，（除了草莓，还有）树莓灌丛和野蔷薇就在它们未曾出现的地方大量蹿起"。我发现，赫恩认为除了阳光得以进入，土壤也被高温弄松，所以原已扎根的植物才能蹿起。

他们引述卡特莱特的《拉布拉多事务日志》："如果因为人们在林中生火的疏失，或者发生雷击，使得云杉老林被焚毁，那么最先长出的通常是印度茶，接着是茶蔍子，再则是桦树。"

在《费城农业促进协会会报》里，彼得斯于一八〇八年为文证实赫恩关于草莓的说法，确认草莓会在一大片松林被焚后冒出。

在同期的会报里，马里兰的阿德勒姆写道，在他那年代，在宾夕法尼亚州与纽约州接壤的那一侧发生风倒后，就会冒出"白蜡树和野樱桃树"。

这些人相信"森林树木会轮替或演替"。

米斯指出，"在苏格兰一片荒芜贫瘠的石南灌丛及苔藓地，并无种子播撒其上，只因在地表撒了石灰，就长出白三叶草"。

阿德勒姆也让彼得斯想起，在来可明郡的某座森林里，

"那些早已被风吹倒或因年老而倾倒的老朽林木，跟现存林木的树种完全不同"。

彼得斯使用"厌松"一词，来形容松树未能接替松树土地的状况。

柯德威尔写信给彼得斯谈到，在树林被砍伐后，野火草就会冒出，在那之后，"在第二或第三个夏天，总会长出一批白三叶草，即便之前方圆数里内没有任何一株白三叶草"。柯德威尔也提到达克斯伯里郡的松树，他相信"这些植物是全新而自发的产物"，非由人类或动物引进。

然而，在我找到的文章里，最合理的是道森《论英属北美森林的破坏与部分再生》一文。他说："一般而言，落叶树或硬木树普遍长在丘陵间的低地，以及肥沃的山地、板岩和玄武岩山丘的侧面和峰顶；而沼泽地、较不肥沃而最轻质的山地土壤，以及花岗石山丘，主要是被针叶树占据。"

他引述新斯科细亚省的史密斯所说：

    如果森林中间被砍掉一两英亩，然后置之不理，那里很快就会长出一片类似被砍林木的树林；然而，当大片土地上的所有林木都被大火扼杀，只有某些沼泽地躲过，那么就会长出非常不同的草木；首先冒出的是大量草本植物和灌木——这两者都不会长在活树林覆盖的土地上。这片草皮布满已被大火扼杀的森林树木和植物的腐烂须根，成为某种温床，而休眠数世纪的种子就在松软的土壤里发芽茁壮。在最贫瘠的部分，蓝莓几乎到处

第二部 梭罗晚期自然史作品

出现；大片大片的树莓和野火草，或是柳叶兰沿着山毛榉和铁杉树林边缘冒出，而大量结着红莓的接骨木和野生红樱桃树很快就接着出现。然而，在几年之内，树莓和大多数草类全都消失，继之而起的是一群冷杉、白桦和黄桦，以及杨树。在一连串大火发生后，小型灌木便占据那些瘠地，数量最多的就是山月桂（或称毒羊树），它们在十到十二年的时间里长成这么一大片，而让赤杨幼树的灌丛开始冒出。在其庇护之下，冷杉、云杉、落叶松和白桦也冒了出来。当地面被一座二十英尺高的灌丛完全遮蔽，原本占据该地的树种又开始占优势，并扼杀先前提供庇护的树林；在六十年内，这片土地将会被其从前产出的树种重新覆盖。

道森认为以上叙述属实，并加以详述。

他说，首先长出延龄草和蕨类，这两者的根部可在大火里幸存。接着，是各种柳叶菜、一枝黄花、紫菀、蕨、石松和苔藓，这些植物的种子飘在空气中。然后是鸟类掉下的小果实。

"米拉米契地区的松林毁于上述大火（一八二五年），接着长出一片次生林，主要系由白桦、杨树和野樱桃组成。"

"次生林几乎总会包含许多类似先前树种的树木，当较矮的树长到成熟高度，次生林木和其他能长得更高的树便超越它们，最终并导致矮树死亡。这座森林至此达到最终阶段，亦即完全再生。整个过程最后部分的肇因显然就是，

在一座老森林里，最大型而最长寿的树种更占优势，乃至
于排斥其他树种。"然而，据他观察，人类对此再生过程
多有干预。

梭罗手稿

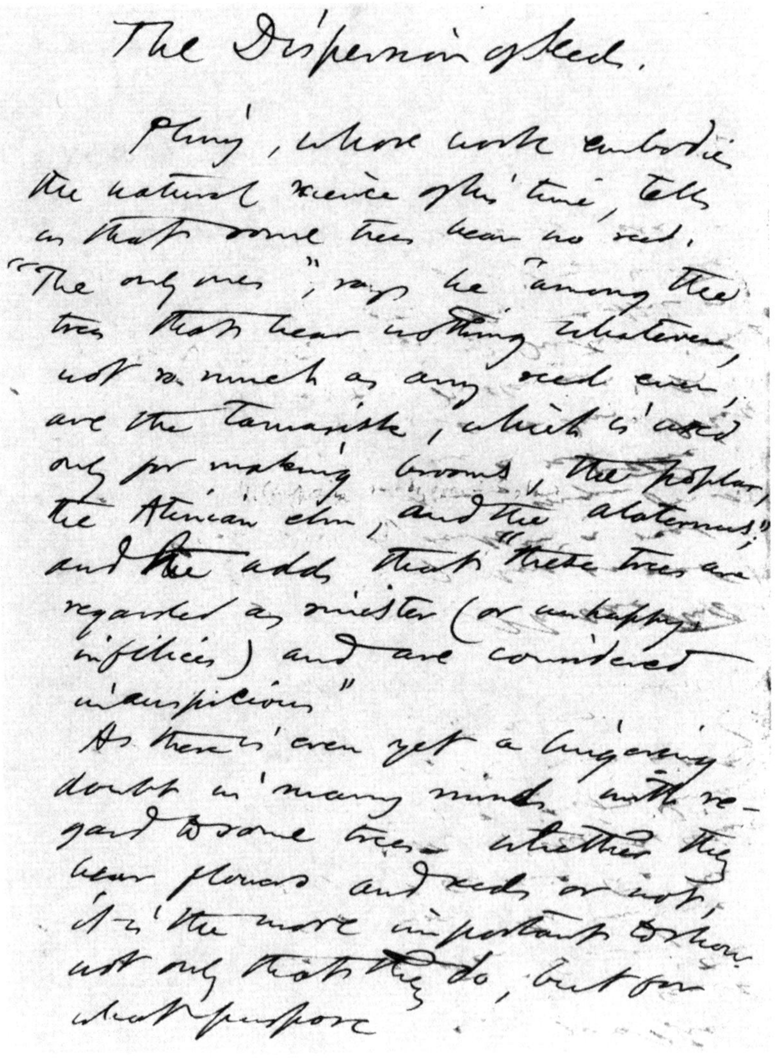
The Dispersion of Seed.

Pliny, whose work embodies the natural science of his time, tells us that some trees bear no seed. "The only ones", says he, "among the trees that bear nothing whatever, not so much as any seed even, are the tamarisk, which is used only for making brooms, the poplar, the Atinian elm, and the alaternus;" and he adds that "these trees are regarded as sinister (or unhappy infelices) and are considered inauspicious."

As there is even yet a lingering doubt in many minds with regard to some trees whether they bear flowers and seeds or not, it is the more important to show not only that they do, but for what purpose

梭罗《种子的传播》篇章页手稿
纽约公共图书馆收藏

梭罗亲手绘制"灌木与乔木．抽叶时间表"
摩根图书馆收藏

梭罗生平与创作年表

1817 年 7 月 12 日生于马萨诸塞州的康科德镇，父为约翰·梭罗；母为辛西娅·梭罗。

1828—1833 年　康科德专校。

1833—1837 年　哈佛大学。

1837 年　在公立康科德中央中学担任教员。

1838—1841 年　与哥哥约翰共同管理康科德的一所私立学校。

1839 年　与哥哥划船共游康科德与梅里马克河。

1840 年　诗与散文发表于《日晷》。

1841—1843 年　住到埃默森位于康科德的家中。

1842 年　哥哥约翰突然死于破伤风。出版《马萨诸塞州自然史》。

1843 年　出版《步向瓦修赛特》与《冬日的散步》；于纽约州的史塔腾担任埃默森子女的家教。

1844 年　与爱德华·霍尔在康科德不慎引起森林火灾。

1845—1847 年　居住在瓦尔登湖畔的小木屋里。

1846 年　到缅因州森林旅行；因拒绝付人头税，入狱一夜。

1847—1848 年　在埃默森赴英讲学时期，住在埃默森家。

1848 年　开始专业演讲者的生涯；出版《克特登与缅因森林》。

1849 年　出版《在康科德和梅里马克河上的一周时光》，发表《论公民的抗争》；到鳕角旅行；姐姐海伦死于结核病。

1850 年　到鳕角与加拿大魁北克旅行。

1853 年　到缅因森林旅行；发表部分的《加拿大的美国北方佬》。

1854 年　出版《瓦尔登湖》；发表《马萨诸塞州的奴隶制度》。

1855 年　发表部分《鳕角》；到鳕角旅行。

1856 年　赴新泽西州珀恩安博尹附近的伊戈伍德小区调查。

5—6 月：在日记中讨论森林树木的演替。

11 月：与《纽约论坛周报》编辑格里利（Horace Greeley）讨论植物的自然发生。

1857 年　到鳕角与缅因州森林旅行；发表《奇松库克》。

1858 年　到新罕布什尔州的白山旅行。

1859 年　父亲约翰过世；发表《为约翰·布朗上校请愿》。

1860 年

1 月 1 日：与友人讨论达尔文的《物种起源》。

2 月：研读并摘录《物种起源》。

9 月 20 日：在米铎萨克司农学会以《森林树木的演替》为题演讲。

10 月 8 日：在《纽约论坛周报》发表《森林树木的演替》。

10 月至 11 月：几乎每日走访当地林区；撰写许多札记形式的短文，

后来成为结集《种子的传播》的材料；铺陈延伸《森林树木的演替》

一文，并收入《种子的传播》中。

12月：开始撰写《野果》。

12月3日：研究树木生长时，罹患了重感冒，恶化为支气管炎，

无法起身外出。

12月11日：最后一次演讲"秋季色调"（在康涅狄格州的瓦特

博里）。

12月30日：回格里利12月13日的信，谈论植物的自然发生。

1861年

1月至2月：继续撰写《野果》。

2月2日：在《纽约论坛周报》上刊登12月30日写给格里利的信，

否决植物自然发生的可能性。

3月至5月初：撰写《种子的传播》。

5月12日到7月14日：为恢复身体健康，与曼恩同游明尼苏达州。

1862年　整理早年的讲稿与文章以便出版，似乎对死期已有预感。

5月6日：逝于马萨诸塞州康科德镇。

[1] 英尺，英美制长度单位，1 英尺合 0.3048 米。

[2] 英寸，英美制长度单位，1 英寸合 2.54 厘米。

[3] 蒲式耳，英美计量容量的单位，1 美蒲式耳等于 35.24 升。

[4] 英亩，英制面积单位，1 英亩合 4046.856 平方米。

[5] 里格，英国旧时的长度单位，1 里格合 4.83 公里。

[6] 配克，英美谷物、蔬菜、水果等的干量单位。1 配克等于美制 8.809 升。

[7] 夸脱，国际常用非法定容积计量单位，1 夸脱等于 1.1365 升。

[8] 及耳，英美液体容量单位，1 及耳合 0.1183 升。

Copyright©1993 by Island Press
Illustrations copyright©1993 by Abigail Rorer
Published by arrangement with Island Press through Bardon−Chinese Media Agency
Translation copyright©2019 by China South Booky Culture Media Co., LTD

著作权合同登记号：图书 18-2019-143

图书在版编目（CIP）数据

种子的信仰 /（美）亨利 · 戴维 · 梭罗
（Henry David Thoreau）著；（美）布莱德利 · 迪恩
（Bradley P. Dean）编；陈义仁译 . — 长沙：湖南文
艺出版社，2019.8
　　书名原文：Faith in a Seed
　　ISBN 978-7-5404-9236-6

Ⅰ . ①种… Ⅱ . ①亨… ②布… ③陈… Ⅲ . ①散文集
—美国—现代 Ⅳ . ① I712.65

中国版本图书馆 CIP 数据核字（2019）第 083159 号

上架建议：散文随笔

ZHONGZI DE XINYANG
种子的信仰

著　　者：〔美〕亨利·戴维·梭罗
编　　者：〔美〕布莱德利·迪恩
译　　者：陈义仁
出 版 人：曾赛丰
责任编辑：薛　健　刘诗哲
监　　制：蔡明菲　邢越超
策划编辑：闫　雪
特约编辑：尚佳杰
版权支持：姚珊珊　文赛峰
营销支持：文刀刀　傅婷婷　周　茜
版式设计：李　洁
封面设计：利　锐
出　　版：湖南文艺出版社
　　　　　（长沙市雨花区东二环一段508号　邮编：410014）
网　　址：www.hnwy.net
印　　刷：北京中科印刷有限公司
经　　销：新华书店
开　　本：787mm×1092mm　1/16
字　　数：203千字
印　　张：17
版　　次：2019年8月第1版
印　　次：2019年8月第1次印刷
书　　号：ISBN 978-7-5404-9236-6
定　　价：68.00元

若有质量问题，请致电质量监督电话：010-59096394
团购电话：010-59320018

种子的信仰